Albert Camus

L'exil
et le royaume

Gallimard

A Francine

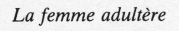

La femme adultère

Une mouche maigre tournait, depuis un moment, dans l'autocar aux glaces pourtant relevées. Insolite, elle allait et venait sans bruit, d'un vol exténué. Janine la perdit de vue, puis la vit atterrir sur la main immobile de son mari. Il faisait froid. La mouche frissonnait à chaque rafale du vent sableux qui crissait contre les vitres. Dans la lumière rare du matin d'hiver, à grand bruit de tôles et d'essieux, le véhicule roulait, tanguait, avançait à peine. Janine regarda son mari. Des épis de cheveux grisonnants plantés bas sur un front serré, le nez large, la bouche irrégulière, Marcel avait l'air d'un faune bouder. A chaque défoncement de la chaussée, elle le sentait sursauter contre elle. Puis il laissait retomber son torse pesant sur ses jambes écartées, le regard fixe, inerte de nouveau, et absent. Seules, ses grosses mains imberbes, rendues plus courtes encore par la flanelle grise qui dépassait les manches de chemise et couvrait les poignets, semblaient en action. Elles serraient si fortement une petite valise de toile, placée entre ses genoux, qu'elles ne paraissaient pas sentir la course hésitante de la mouche.

Soudain, on entendit distinctement le vent hurler

et la brume minérale qui entourait l'autocar s'épaissit encore. Sur les vitres, le sable s'abattait maintenant par poignées comme s'il était lancé par des mains invisibles. La mouche remua une aile frileuse, fléchit sur ses pattes, et s'envola. L'autocar ralentit et sembla sur le point de stopper. Puis le vent parut se calmer, la brume s'éclaircit un peu et le véhicule reprit de la vitesse. Des trous de lumière s'ouvraient dans le paysage noyé de poussière. Deux ou trois palmiers grêles et blanchis, qui semblaient découpés dans du métal, surgirent dans la vitre pour disparaître l'instant d'après.

— Quel pays ! dit Marcel.

L'autocar était plein d'Arabes qui faisaient mine de dormir, enfouis dans leurs burnous. Quelques-uns avaient ramené leurs pieds sur la banquette et oscillaient plus que les autres dans le mouvement de la voiture. Leur silence, leur impassibilité finissaient par peser à Janine ; il lui semblait qu'elle voyageait depuis des jours avec cette escorte muette. Pourtant, le car était parti à l'aube, du terminus de la voie ferrée, et, depuis deux heures, dans le matin froid, il progressait sur un plateau pierreux, désolé, qui, au départ du moins, étendait ses lignes droites jusqu'à des horizons rougeâtres. Mais le vent s'était levé et, peu à peu, avait avalé l'immense étendue. A partir de ce moment, les passagers n'avaient plus rien vu ; l'un après l'autre, ils s'étaient tus et ils avaient navigué en silence dans une sorte de nuit blanche, essuyant parfois leurs lèvres et leurs yeux irrités par le sable qui s'infiltrait dans la voiture.

« Janine ! » Elle sursauta à l'appel de son mari. Elle pensa une fois de plus combien ce prénom était

ridicule, grande et forte comme elle était. Marcel
voulait savoir où se trouvait la mallette d'échantil-
lons. Elle explora du pied l'espace vide sous la
banquette et rencontra un objet dont elle décida
qu'il était la mallette. Elle ne pouvait se baisser, en
effet, sans étouffer un peu. Au collège pourtant, elle
était première en gymnastique, son souffle était
inépuisable. Y avait-il si longtemps de cela ? Vingt-
cinq ans. Vingt-cinq ans n'étaient rien puisqu'il lui
semblait que c'était hier qu'elle hésitait entre la vie
libre et le mariage, hier encore qu'elle pensait avec
angoisse à ce jour où, peut-être, elle vieillirait seule.
Elle n'était pas seule, et cet étudiant en droit qui ne
voulait jamais la quitter se trouvait maintenant à ses
côtés. Elle avait fini par l'accepter, bien qu'il fût un
peu petit et qu'elle n'aimât pas beaucoup son rire
avide et bref, ni ses yeux noirs trop saillants. Mais
elle aimait son courage à vivre, qu'il partageait avec
les Français de ce pays. Elle aimait aussi son air
déconfit quand les événements, ou les hommes,
trompaient son attente. Surtout, elle aimait être
aimée, et il l'avait submergée d'assiduités. A lui faire
sentir si souvent qu'elle existait pour lui, il la faisait
exister réellement. Non, elle n'était pas seule...

L'autocar, à grands coups d'avertisseur, se frayait
un passage à travers des obstacles invisibles. Dans la
voiture, cependant, personne ne bougeait. Janine
sentit soudain qu'on la regardait et se tourna vers la
banquette qui prolongeait la sienne, de l'autre côté
du passage. Celui-là n'était pas un Arabe et elle
s'étonna de ne pas l'avoir remarqué au départ. Il
portait l'uniforme des unités françaises du Sahara et
un képi de toile bise sur sa face tannée de chacal,

longue et pointue. Il l'examinait de ses yeux clairs, avec une sorte de maussaderie, fixement. Elle rougit tout d'un coup et revint vers son mari qui regardait toujours devant lui, dans la brume et le vent. Elle s'emmitoufla dans son manteau. Mais elle revoyait encore le soldat français, long et mince, si mince, avec sa vareuse ajustée, qu'il paraissait bâti dans une matière sèche et friable, un mélange de sable et d'os. C'est à ce moment qu'elle vit les mains maigres et le visage brûlé des Arabes qui étaient devant elle, et qu'elle remarqua qu'ils semblaient au large, malgré leurs amples vêtements, sur les banquettes où son mari et elle tenaient à peine. Elle ramena contre elle les pans de son manteau. Pourtant, elle n'était pas si grosse, grande et pleine plutôt, charnelle, et encore désirable — elle le sentait bien sous le regard des hommes — avec son visage un peu enfantin, ses yeux frais et clairs, contrastant avec ce grand corps qu'elle savait tiède et reposant.

Non, rien ne se passait comme elle l'avait cru. Quand Marcel avait voulu l'emmener avec lui dans sa tournée, elle avait protesté. Il pensait depuis longtemps à ce voyage, depuis la fin de la guerre exactement, au moment où les affaires étaient redevenues normales. Avant la guerre, le petit commerce de tissus qu'il avait repris de ses parents, quand il eut renoncé à ses études de droit, les faisait vivre plutôt bien que mal. Sur la côte, les années de jeunesse peuvent être heureuses. Mais il n'aimait pas beaucoup l'effort physique et, très vite, il avait cessé de la mener sur les plages. La petite voiture ne les sortait de la ville que pour la promenade du dimanche. Le reste du temps, il préférait son magasin d'étoffes multicolores, à l'ombre des arcades de ce quartier mi-indigène, mi-européen. Au-dessus de la boutique, ils vivaient dans trois pièces, ornées de tentures arabes et de meubles Barbès. Ils n'avaient pas eu d'enfants. Les années avaient passé, dans la pénombre qu'ils entretenaient, volets mi-clos. L'été, les plages, les promenades, le ciel même étaient loin. Rien ne semblait intéresser Marcel que ses affaires. Elle avait cru découvrir sa vraie passion, qui était l'argent, et elle n'aimait pas cela, sans trop savoir pourquoi. Après tout, elle en profitait. Il n'était pas avare ; généreux, au contraire, surtout avec elle. « S'il m'arrivait quelque chose, disait-il, tu serais à l'abri. » Et il faut, en effet, s'abriter du besoin. Mais du reste, de ce qui n'est pas le besoin le plus simple, où s'abriter ? C'était là ce que, de loin en loin, elle sentait confusément. En attendant, elle aidait Marcel à tenir ses livres et le remplaçait parfois au magasin. Le plus dur était l'été où la chaleur tuait jusqu'à la douce sensation de l'ennui.

Tout d'un coup, en plein été justement, la guerre, Marcel mobilisé puis réformé, la pénurie des tissus, les affaires stoppées, les rues désertes et chaudes. S'il arrivait quelque chose, désormais, elle ne serait plus à l'abri. Voilà pourquoi, dès le retour des étoffes sur le marché, Marcel avait imaginé de parcourir les villages des hauts plateaux et du Sud pour se passer d'intermédiaires et vendre directement aux marchands arabes. Il avait voulu l'emmener. Elle savait que les communications étaient difficiles, elle respirait mal, elle aurait préféré l'attendre. Mais il était obstiné et elle avait accepté parce qu'il eût fallu trop d'énergie pour refuser. Ils y

étaient maintenant et, vraiment, rien ne ressemblait
à ce qu'elle avait imaginé. Elle avait craint la
chaleur, les essaims de mouches, les hôtels crasseux,
pleins d'odeurs anisées. Elle n'avait pas pensé au
froid, au vent coupant, à ces plateaux quasi polaires,
encombrés de moraines. Elle avait rêvé aussi de
palmiers et de sable doux. Elle voyait à présent que
le désert n'était pas cela, mais seulement la pierre, la
pierre partout, dans le ciel où régnait encore,
crissante et froide, la seule poussière de pierre,
comme sur le sol où poussaient seulement, entre les
pierres, des graminées sèches.

Le car s'arrêta brusquement. Le chauffeur dit à la
cantonade quelques mots dans cette langue qu'elle
avait entendue toute sa vie sans jamais la comprendre. « Qu'est-ce que c'est ? » demanda Marcel. Le
chauffeur, en français, cette fois, dit que le sable
avait dû boucher le carburateur, et Marcel maudit
encore ce pays. Le chauffeur rit de toutes ses dents
et assura que ce n'était rien, qu'il allait déboucher le
carburateur et qu'ensuite on s'en irait. Il ouvrit la
portière, le vent froid s'engouffra dans la voiture,
leur criblant aussitôt le visage de mille grains de
sable. Tous les Arabes plongèrent le nez dans leurs
burnous et se ramassèrent sur eux-mêmes. « Ferme
la porte », hurla Marcel. Le chauffeur riait en
revenant vers la portière. Posément, il prit quelques
outils sous le tableau de bord, puis, minuscule dans
la brume, disparut à nouveau vers l'avant, sans
fermer la porte. Marcel soupirait. « Tu peux être
sûre qu'il n'a jamais vu un moteur de sa vie. —
Laisse ! » dit Janine. Soudain, elle sursauta. Sur le
remblai, tout près du car, des formes drapées se

tenaient immobiles. Sous le capuchon du burnous, et derrière un rempart de voiles, on ne voyait que leurs yeux. Muets, venus on ne savait d'où, ils regardaient les voyageurs. « Des bergers », dit Marcel.

A l'intérieur de la voiture, le silence était complet. Tous les passagers, tête baissée, semblaient écouter la voix du vent, lâché en liberté sur ces plateaux interminables. Janine fut frappée, soudain, par l'absence presque totale de bagages. Au terminus de la voie ferrée, le chauffeur avait hissé leur malle et quelques ballots, sur le toit. A l'intérieur du car, dans les filets, on voyait seulement des bâtons noueux et des couffins plats. Tous ces gens du Sud, apparemment, voyageaient les mains vides.

Mais le chauffeur revenait, toujours alerte. Seuls, ses yeux riaient, au-dessus des voiles dont il avait, lui aussi, masqué son visage. Il annonça qu'on s'en allait. Il ferma la portière, le vent se tut et l'on entendit mieux la pluie de sable sur les vitres. Le moteur toussa, puis expira. Longuement sollicité par le démarreur, il tourna enfin et le chauffeur le fit hurler à coups d'accélérateur. Dans un grand hoquet, l'autocar repartit. De la masse haillonneuse des bergers, toujours immobiles, une main s'éleva, puis s'évanouit dans la brume, derrière eux. Presque aussitôt, le véhicule commença de sauter sur la route devenue plus mauvaise. Secoués, les Arabes oscillaient sans cesse. Janine sentait cependant le sommeil la gagner quand surgit devant elle une petite boîte jaune, remplie de cachous. Le soldat-chacal lui souriait. Elle hésita, se servit et remercia. Le chacal empocha la boîte et avala d'un coup son sourire. A présent, il fixait la route, droit devant lui. Janine se

tourna vers Marcel et ne vit que sa nuque solide. Il
regardait à travers les vitres la brume plus dense qui
montait des remblais friables.

Il y avait des heures qu'ils roulaient et la fatigue
avait éteint toute vie dans la voiture lorsque des cris
retentirent au-dehors. Des enfants en burnous, tournant sur eux-mêmes comme des toupies, sautant,
frappant des mains, couraient autour de l'autocar.
Ce dernier roulait maintenant dans une longue rue
flanquée de maisons basses ; on entrait dans l'oasis.
Le vent soufflait toujours, mais les murs arrêtaient
les particules de sable qui n'obscurcissaient plus la
lumière. Le ciel, cependant, restait couvert. Au
milieu des cris, dans un grand vacarme de freins,
l'autocar s'arrêta devant les arcades de pisé d'un
hôtel aux vitres sales. Janine descendit et, dans la
rue, se sentit vaciller. Elle apercevait, au-dessus des
maisons, un minaret jaune et gracile. A sa gauche,
se découpaient déjà les premiers palmiers de l'oasis
et elle aurait voulu aller vers eux. Mais bien qu'il fût
près de midi, le froid était vif, le vent la fit
frissonner. Elle se retourna vers Marcel, et vit
d'abord le soldat qui avançait à sa rencontre. Elle
attendait son sourire ou son salut. Il la dépassa sans
la regarder, et disparut. Marcel, lui, s'occupait de
faire descendre la malle d'étoffes, une cantine noire,
perchée sur le toit de l'autocar. Ce ne serait pas
facile. Le chauffeur était seul à s'occuper des
bagages et il s'arrêtait déjà, dressé sur le toit, pour
pérorer devant le cercle de burnous rassemblés
autour du car. Janine, entourée de visages qui
semblaient taillés dans l'os et le cuir, assiégée de cris
gutturaux, sentit soudain sa fatigue. « Je monte »,

dit-elle à Marcel qui interpellait avec impatience le chauffeur.

Elle entra dans l'hôtel. Le patron, un Français maigre et taciturne, vint au-devant d'elle. Il la conduisit au premier étage, sur une galerie qui dominait la rue, dans une chambre où il semblait n'y avoir qu'un lit de fer, une chaise peinte au ripolin blanc, une penderie sans rideaux et, derrière un paravent de roseaux, une toilette dont le lavabo était couvert d'une fine poussière de sable. Quand le patron eut fermé la porte, Janine sentit le froid qui venait des murs nus et blanchis à la chaux. Elle ne savait où poser son sac, où se poser elle-même. Il fallait se coucher ou rester debout, et frissonner dans les deux cas. Elle restait debout, son sac à la main, fixant une sorte de meurtrière ouverte sur le ciel, près du plafond. Elle attendait, mais elle ne savait quoi. Elle sentait seulement sa solitude, et le froid qui la pénétrait, et un poids plus lourd à l'endroit du cœur. Elle rêvait en vérité, presque sourde aux bruits qui montaient de la rue avec des éclats de la voix de Marcel, plus consciente au contraire de cette rumeur de fleuve qui venait de la meurtrière et que le vent faisait naître dans les palmiers, si proches maintenant, lui semblait-il. Puis le vent parut redoubler, le doux bruit d'eaux devint sifflement de vagues. Elle imaginait, derrière les murs, une mer de palmiers droits et flexibles, moutonnant dans la tempête. Rien ne ressemblait à ce qu'elle avait attendu, mais ces vagues invisibles rafraîchissaient ses yeux fatigués. Elle se tenait debout, pesante, les bras pendants, un peu voûtée, le froid montait le long de ses jambes lourdes. Elle rêvait aux palmiers droits et flexibles, et à la jeune fille qu'elle avait été.

Après leur toilette, ils descendirent dans la salle à manger. Sur les murs nus, on avait peint des chameaux et des palmiers, noyés dans une confiture rose et violette. Les fenêtres à arcade laissaient entrer une lumière parcimonieuse. Marcel se renseignait sur les marchands auprès du patron de l'hôtel. Puis un vieil Arabe, qui portait une décoration militaire sur sa vareuse, les servit. Marcel était préoccupé et déchirait son pain. Il empêcha sa femme de boire de l'eau. « Elle n'est pas bouillie. Prends du vin. » Elle n'aimait pas cela, le vin l'alourdissait. Et puis, il y avait du porc au menu. « Le Coran l'interdit. Mais le Coran ne savait pas que le porc bien cuit ne donne pas de maladies. Nous autres, nous savons faire la cuisine. A quoi penses-tu ? » Janine ne pensait à rien, ou peut-être à cette victoire des cuisiniers sur les prophètes. Mais elle devait se dépêcher. Ils repartaient le lendemain matin, plus au sud encore : il fallait voir dans l'après-midi tous les marchands importants. Marcel pressa le vieil Arabe d'apporter le café. Celui-ci approuva de la tête, sans sourire, et sortit à petits pas. « Doucement le matin, pas trop vite le soir », dit Marcel en riant. Le café finit pourtant par arriver. Ils prirent à peine le temps de l'avaler et sortirent dans la rue poussiéreuse et froide. Marcel appela un jeune Arabe pour l'aider à porter la malle, mais discuta par principe la rétribution. Son opinion, qu'il fit savoir à Janine une fois de plus, tenait en effet dans ce principe obscur qu'ils demandaient toujours le double pour qu'on leur donne le quart. Janine, mal à l'aise, suivait les deux porteurs. Elle avait mis un vêtement de laine sous son gros manteau, elle aurait voulu tenir moins de place. Le porc, quoique bien cuit, et le peu de vin qu'elle avait bu, lui donnaient aussi de l'embarras.

Ils longeaient un petit jardin public planté d'arbres poudreux. Des Arabes les croisaient qui se rangeaient sans paraître les voir, ramenant devant eux les pans de leurs burnous. Elle leur trouvait, même lorsqu'ils portaient des loques, un air de fierté que n'avaient pas les Arabes de sa ville. Janine suivait la malle qui, à travers la foule, lui ouvrait un chemin. Ils passèrent la porte d'un rempart de terre ocre, parvinrent sur une petite place plantée des mêmes arbres minéraux et bordée au fond, sur sa plus grande largeur, par des arcades et des boutiques. Mais ils s'arrêtèrent sur la place même, devant une petite construction en forme d'obus, peinte à la chaux bleue. A l'intérieur, dans la pièce unique, éclairée seulement par la porte d'entrée, se tenait, derrière une planche de bois luisant, un vieil Arabe aux moustaches blanches. Il était en train de servir du thé, élevant et abaissant la théière au-dessus de trois petits verres multicolores. Avant qu'ils pussent rien distinguer d'autre dans la pénombre du magasin, l'odeur fraîche du thé à la menthe accueillit Marcel et Janine sur le seuil. A peine franchie l'entrée, et ses guirlandes encombrantes de théières en étain, de tasses et de plateaux mêlés à des tourniquets de cartes postales, Marcel se trouva contre le comptoir. Janine resta dans l'entrée. Elle s'écarta un peu pour ne pas intercepter la lumière. A ce moment, elle aperçut derrière le vieux marchand, dans la pénombre, deux Arabes qui les regardaient en souriant, assis sur les sacs gonflés dont le fond de la boutique était entièrement garni. Des tapis rouges et noirs, des foulards brodés pendaient le long des murs, le sol était encombré de sacs et de petites caisses emplies de graines aromatiques. Sur le comptoir, autour d'une balance aux plateaux de cuivre étincelants et d'un vieux mètre aux gravures effacées, s'alignaient des pains de sucre dont l'un, démailloté de ses langes de gros papier bleu, était entamé au sommet. L'odeur de laine et d'épices qui flottait dans la pièce apparut derrière le parfum du thé quand le vieux marchand posa la théière sur le comptoir et dit bonjour.

Marcel parlait précipitamment, de cette voix basse qu'il prenait pour parler affaires. Puis il ouvrait la malle, montrait les étoffes et les foulards, poussait la balance et le mètre pour étaler sa marchandise devant le vieux marchand. Il s'énervait, haussait le ton, riait de façon désordonnée, il avait l'air d'une femme qui veut plaire et qui n'est pas sûre d'elle. Maintenant, de ses mains largement ouvertes, il mimait la vente et l'achat. Le vieux secoua la tête, passa le plateau de thé aux deux Arabes derrière lui et dit seulement quelques mots qui semblèrent décourager Marcel. Celui-ci reprit ses étoffes, les empila dans la malle, puis essuya sur son front une sueur improbable. Il appela le petit porteur et ils repartirent vers les arcades. Dans la première boutique, bien que le marchand eût d'abord affecté le même air olympien, ils furent un peu plus heureux.

« Ils se prennent pour le bon Dieu, dit Marcel, mais ils vendent aussi ! La vie est dure pour tous. »

Janine suivait sans répondre. Le vent avait presque cessé. Le ciel se découvrait par endroits. Une lumière froide, brillante, descendait des puits bleus qui se creusaient dans l'épaisseur des nuages. Ils avaient maintenant quitté la place. Ils marchaient dans de petites rues, longeaient des murs de terre au-dessus desquels pendaient les roses pourries de décembre ou, de loin en loin, une grenade, sèche et véreuse. Un parfum de poussière et de café, la fumée d'un feu d'écorces, l'odeur de la pierre, du mouton, flottaient dans ce quartier. Les boutiques, creusées dans des pans de murs, étaient éloignées les unes des autres ; Janine sentait ses jambes s'alourdir. Mais son mari se rassérénait peu à peu, il commençait à vendre, et devenait aussi plus conciliant ; il appelait Janine « petite », le voyage ne serait pas inutile. « Bien sûr, disait Janine, il vaut mieux s'entendre directement avec eux. »

Ils revinrent par une autre rue, vers le centre. L'après-midi était avancé, le ciel maintenant à peu près découvert. Ils s'arrêtèrent sur la place. Marcel se frottait les mains, il contemplait d'un air tendre la malle, devant eux. « Regarde », dit Janine. De l'autre extrémité de la place venait un grand Arabe, maigre, vigoureux, couvert d'un burnous bleu ciel, chaussé de souples bottes jaunes, les mains gantées, et qui portait haut un visage aquilin et bronzé. Seul le chèche qu'il portait en turban permettait de le distinguer de ces officiers français d'Affaires indigènes que Janine avait parfois admirés. Il avançait régulièrement dans leur direction, mais semblait regarder au-delà de leur groupe, en dégantant avec lenteur l'une de ses mains. « Eh bien, dit Marcel en haussant les épaules, en voilà un qui se croit général. » Oui, ils avaient tous ici cet air d'orgueil, mais celui-là, vraiment, exagérait. Alors que l'espace vide de la place les entourait, il avançait droit sur la malle, sans la voir, sans les voir. Puis la distance qui les séparait diminua rapidement et l'Arabe arrivait sur eux, lorsque Marcel saisit, tout d'un coup, la poignée de la cantine, et la tira en arrière. L'autre passa, sans paraître rien remarquer, et se dirigea du même pas vers les remparts. Janine regarda son mari, il avait son air déconfit. « Ils se croient tout permis, maintenant », dit-il. Janine ne répondit rien. Elle détestait la stupide arrogance de cet Arabe et se sentait tout d'un coup malheureuse. Elle voulait partir, elle pensait à son petit appartement. L'idée de rentrer à l'hôtel, dans cette chambre glacée, la décourageait. Elle pensa soudain que le patron lui avait conseillé de monter sur la terrasse du fort d'où l'on voyait le désert. Elle le dit à Marcel et qu'on pouvait laisser la malle à l'hôtel. Mais il était fatigué, il voulait dormir un peu avant le dîner. « Je t'en prie », dit Janine. Il la regarda, soudain attentif. « Bien sûr, mon chéri », dit-il.

Elle l'attendait devant l'hôtel, dans la rue. La foule vêtue de blanc devenait de plus en plus nombreuse. On n'y rencontrait pas une seule femme et il semblait à Janine qu'elle n'avait jamais vu autant d'hommes. Pourtant, aucun ne la regardait. Quelques-uns, sans paraître la voir, tournaient lentement vers elle cette face maigre et tannée qui, à ses yeux, les faisait tous ressemblants, le visage du

soldat français dans le car, celui de l'Arabe aux
gants, un visage à la fois rusé et fier. Ils tournaient ce
visage vers l'étrangère, ils ne la voyaient pas et puis,
légers et silencieux, ils passaient autour d'elle dont
les chevilles gonflaient. Et son malaise, son besoin
de départ augmentaient. « Pourquoi suis-je
venue ? » Mais, déjà, Marcel redescendait.

Lorsqu'ils grimpèrent l'escalier du fort, il était
cinq heures de l'après-midi. Le vent avait complètement cessé. Le ciel, tout entier découvert, était
maintenant d'un bleu de pervenche. Le froid,
devenu plus sec, piquait leurs joues. Au milieu de
l'escalier, un vieil Arabe, étendu contre le mur, leur
demanda s'ils voulaient être guidés, mais sans bou-
ger, comme s'il avait été sûr d'avance de leur refus.
L'escalier était long et raide, malgré plusieurs paliers
de terre battue. A mesure qu'ils montaient, l'espace
s'élargissait et ils s'élevaient dans une lumière de
plus en plus vaste, froide et sèche, où chaque bruit
de l'oasis leur parvenait avec une pureté distincte.
L'air illuminé semblait vibrer autour d'eux, d'une
vibration de plus en plus longue à mesure qu'ils
progressaient, comme si leur passage faisait naître
sur le cristal de la lumière une onde sonore qui allait
s'élargissant. Et au moment où, parvenus sur la
terrasse, leur regard se perdit d'un coup au-delà de
la palmeraie, dans l'horizon immense, il sembla à
Janine que le ciel entier retentissait d'une seule note
éclatante et brève dont les échos peu à peu remplirent l'espace au-dessus d'elle, puis se turent subitement pour la laisser silencieuse devant l'étendue
sans limites.

De l'est à l'ouest, en effet, son regard se déplaçait

lentement, sans rencontrer un seul obstacle, tout le
long d'une courbe parfaite. Au-dessous d'elle, les
terrasses bleues et blanches de la ville arabe se
chevauchaient, ensanglantées par les taches rouge
sombre des piments qui séchaient au soleil. On n'y
voyait personne, mais des cours intérieures montaient, avec la fumée odorante d'un café qui grillait,
des voix rieuses ou des piétinements incompréhensibles. Un peu plus loin, la palmeraie, divisée en
carrés inégaux par des murs d'argile, bruissait à son
sommet sous l'effet d'un vent qu'on ne sentait plus
sur la terrasse. Plus loin encore, et jusqu'à l'horizon,
commençait, ocre et gris, le royaume des pierres, où
nulle vie n'apparaissait. A quelque distance de
l'oasis seulement, près de l'oued qui, à l'occident,
longeait la palmeraie, on apercevait de larges tentes
noires. Tout autour, un troupeau de dromadaires
immobiles, minuscules à cette distance, formaient
sur le sol gris les signes sombres d'une étrange
écriture dont il fallait déchiffrer le sens. Au-dessus
du désert, le silence était vaste comme l'espace.

Janine, appuyée de tout son corps au parapet,
restait sans voix, incapable de s'arracher au vide qui
s'ouvrait devant elle. A ses côtés, Marcel s'agitait. Il
avait froid, il voulait descendre. Qu'y avait-il donc à
voir ici ? Mais elle ne pouvait détacher ses regards de
l'horizon. Là-bas, plus au sud encore, à cet endroit
où le ciel et la terre se rejoignaient dans une ligne
pure, là-bas, lui semblait-il soudain, quelque chose
l'attendait qu'elle avait ignoré jusqu'à ce jour et qui
pourtant n'avait cessé de lui manquer. Dans l'après-
midi qui avançait, la lumière se détendait doucement ; de cristalline, elle devenait liquide. En même

temps, au cœur d'une femme que le hasard seul amenait là, un nœud que les années, l'habitude et l'ennui avaient serré, se dénouait lentement. Elle regardait le campement des nomades. Elle n'avait même pas vu les hommes qui vivaient là, rien ne bougeait entre les tentes noires et, pourtant, elle ne pouvait penser qu'à eux, dont elle avait à peine connu l'existence jusqu'à ce jour. Sans maisons, coupés du monde, ils étaient une poignée à errer sur le vaste territoire qu'elle découvrait du regard, et qui n'était cependant qu'une partie dérisoire d'un espace encore plus grand, dont la fuite vertigineuse ne s'arrêtait qu'à des milliers de kilomètres plus au sud, là où le premier fleuve féconde enfin la forêt. Depuis toujours, sur la terre sèche, raclée jusqu'à l'os, de ce pays démesuré, quelques hommes cheminaient sans trêve, qui ne possédaient rien mais ne servaient personne, seigneurs misérables et libres d'un étrange royaume. Janine ne savait pas pourquoi cette idée l'emplissait d'une tristesse si douce et si vaste qu'elle lui fermait les yeux. Elle savait seulement que ce royaume, de tout temps, lui avait été promis et que jamais, pourtant, il ne serait le sien, plus jamais, sinon à ce fugitif instant, peut-être, où elle rouvrit les yeux sur le ciel soudain immobile, et sur ses flots de lumière figée, pendant que les voix qui montaient de la ville arabe se taisaient brusquement. Il lui sembla que le cours du monde venait alors de s'arrêter et que personne, à partir de cet instant, ne vieillirait plus ni ne mourrait. En tous lieux, désormais, la vie était suspendue, sauf dans son cœur où, au même moment, quelqu'un pleurait de peine et d'émerveillement.

Mais la lumière se mit en mouvement, le soleil,
net et sans chaleur, déclina vers l'ouest qui rosit un
peu, tandis qu'une vague grise se formait à l'est,
prête à déferler lentement sur l'immense étendue.
Un premier chien hurla, et son cri lointain monta
dans l'air, devenu encore plus froid. Janine s'aperçut
alors qu'elle claquait des dents. « On crève, dit
Marcel, tu es stupide. Rentrons. » Mais il lui prit
gauchement la main. Docile maintenant, elle se
détourna du parapet et le suivit. Le vieil Arabe de
l'escalier, immobile, les regarda descendre vers la
ville. Elle marchait sans voir personne, courbée sous
une immense et brusque fatigue, traînant son corps
dont le poids lui paraissait maintenant insupportable. Son exaltation l'avait quittée. A présent, elle se
sentait trop grande, trop épaisse, trop blanche aussi
pour ce monde où elle venait d'entrer. Un enfant, la
jeune fille, l'homme sec, le chacal furtif étaient les
seules créatures qui pouvaient fouler silencieusement cette terre. Qu'y ferait-elle désormais, sinon
s'y traîner jusqu'au sommeil, jusqu'à la mort ?

Elle se traîna, en effet, jusqu'au restaurant,
devant un mari soudain taciturne, ou qui disait sa
fatigue, pendant qu'elle-même luttait faiblement
contre un rhume dont elle sentait monter la fièvre.
Elle se traîna encore jusqu'à son lit, où Marcel vint
la rejoindre, et éteignit aussitôt sans rien lui demander. La chambre était glacée. Janine sentait le froid
la gagner en même temps que s'accélérait la fièvre.
Elle respirait mal, son sang battait sans la réchauffer ; une sorte de peur grandissait en elle. Elle se
retournait, le vieux lit de fer craquait sous son poids.
Non, elle ne voulait pas être malade. Son mari

dormait déjà, elle aussi devait dormir, il le fallait. Les bruits étouffés de la ville parvenaient jusqu'à elle par la meurtrière. Les vieux phonographes des cafés maures nasillaient des airs qu'elle reconnaissait vaguement et qui lui arrivaient, portés par une rumeur de foule lente. Il fallait dormir. Mais elle comptait des tentes noires ; derrière ses paupières paissaient des chameaux immobiles ; d'immenses solitudes tournoyaient en elle. Oui, pourquoi était-elle venue ? Elle s'endormit sur cette question.

Elle se réveilla un peu plus tard. Le silence autour d'elle était total. Mais, aux limites de la ville, des chiens enroués hurlaient dans la nuit muette. Janine frissonna. Elle se retourna encore sur elle-même, sentit contre la sienne l'épaule dure de son mari et, tout d'un coup, à demi endormie, se blottit contre lui. Elle dérivait sur le sommeil sans s'y enfoncer, elle s'accrochait à cette épaule avec une avidité inconsciente, comme à son port le plus sûr. Elle parlait, mais sa bouche n'émettait aucun son. Elle parlait, mais c'est à peine si elle s'entendait elle-même. Elle ne sentait que la chaleur de Marcel. Depuis plus de vingt ans, chaque nuit, ainsi, dans sa chaleur, eux deux toujours, même malades, même en voyage, comme à présent... Qu'aurait-elle fait d'ailleurs, seule à la maison ? Pas d'enfant ! N'était-ce pas cela qui lui manquait ? Elle ne savait pas. Elle suivait Marcel, voilà tout, contente de sentir que quelqu'un avait besoin d'elle. Il ne lui donnait pas d'autre joie que de se savoir nécessaire. Sans doute ne l'aimait-il pas. L'amour, même haineux, n'a pas ce visage renfrogné. Mais quel est son visage ? Ils s'aimaient dans la nuit, sans se voir, à tâtons. Y a-t-il

un autre amour que celui des ténèbres, un amour qui
crierait en plein jour ? Elle ne savait pas, mais elle
savait que Marcel avait besoin d'elle et qu'elle avait
besoin de ce besoin, qu'elle en vivait la nuit et le
jour, la nuit surtout, chaque nuit, où il ne voulait pas
être seul, ni vieillir, ni mourir, avec cet air buté qu'il
prenait et qu'elle reconnaissait parfois sur d'autres
visages d'hommes, le seul air commun de ces fous
qui se camouflent sous des airs de raison, jusqu'à ce
que le délire les prenne et les jette désespérément
vers un corps de femme pour y enfouir, sans désir, ce
que la solitude et la nuit leur montrent d'effrayant.

Marcel remua un peu comme pour s'éloigner
d'elle. Non, il ne l'aimait pas, il avait peur de ce qui
n'était pas elle, simplement, et elle et lui depuis
longtemps auraient dû se séparer et dormir seuls
jusqu'à la fin. Mais qui peut dormir toujours seul ?
Quelques hommes le font, que la vocation ou le
malheur ont retranchés des autres et qui couchent
alors tous les soirs dans le même lit que la mort.
Marcel, lui, ne le pourrait jamais, lui surtout, enfant
faible et désarmé, que la douleur effarait toujours,
son enfant, justement, qui avait besoin d'elle et qui,
au même moment, fit entendre une sorte de gémis-
sement. Elle se serra un peu plus contre lui, posa la
main sur sa poitrine. Et, en elle-même, elle l'appela
du nom d'amour qu'elle lui donnait autrefois et que,
de loin en loin encore, ils employaient entre eux,
mais sans plus penser à ce qu'ils disaient.

Elle l'appela de tout son cœur. Elle aussi, après
tout, avait besoin de lui, de sa force, de ses petites
manies, elle aussi avait peur de mourir. « Si je
surmontais cette peur, je serais heureuse... » Aussi-

tôt, une angoisse sans nom l'envahit. Elle se détacha
de Marcel. Non, elle ne surmontait rien, elle n'était
pas heureuse, elle allait mourir, en vérité, sans avoir
été délivrée. Son cœur lui faisait mal, elle étouffait
sous un poids immense dont elle découvrait soudain
qu'elle le traînait depuis vingt ans, et sous lequel elle
se débattait maintenant de toutes ses forces. Elle
voulait être délivrée, même si Marcel, même si les
autres ne l'étaient jamais ! Réveillée, elle se dressa
dans son lit et tendit l'oreille à un appel qui lui
sembla tout proche. Mais, des extrémités de la nuit,
les voix exténuées et infatigables des chiens de
l'oasis lui parvinrent seules. Un faible vent s'était
levé dont elle entendait couler les eaux légères dans
la palmeraie. Il venait du sud, là où le désert et la
nuit se mêlaient maintenant sous le ciel à nouveau
fixe, là où la vie s'arrêtait, où plus personne ne
vieillissait ni ne mourait. Puis les eaux du vent
tarirent et elle ne fut même plus sûre d'avoir rien
entendu, sinon un appel muet qu'après tout elle
pouvait à volonté faire taire ou percevoir, mais dont
plus jamais elle ne connaîtrait le sens, si elle n'y
répondait à l'instant. A l'instant, oui, cela du moins
était sûr !

Elle se leva doucement et resta immobile, près du
lit, attentive à la respiration de son mari. Marcel
dormait. L'instant d'après, la chaleur du lit la
quittait, le froid la saisit. Elle s'habilla lentement,
cherchant ses vêtements à tâtons dans la faible
lumière qui, à travers les persiennes en façade,
venait des lampes de la rue. Les souliers à la main,
elle gagna la porte. Elle attendit encore un moment,
dans l'obscurité, puis ouvrit doucement. Le loquet

grinça, elle s'immobilisa. Son cœur battait follement. Elle tendit l'oreille et, rassurée par le silence,
tourna encore un peu la main. La rotation du loquet
lui parut interminable. Elle ouvrit enfin, se glissa
dehors, et referma la porte avec les mêmes précautions. Puis, la joue collée contre le bois, elle
attendit. Au bout d'un instant, elle perçut, lointaine,
la respiration de Marcel. Elle se retourna, reçut
contre le visage l'air glacé de la nuit et courut le long
de la galerie. La porte de l'hôtel était fermée.
Pendant qu'elle manœuvrait le verrou, le veilleur de
nuit parut dans le haut de l'escalier, le visage
brouillé, et lui parla en arabe. « Je reviens », dit
Janine, et elle se jeta dans la nuit.

Des guirlandes d'étoiles descendaient du ciel noir
au-dessus des palmiers et des maisons. Elle courait
le long de la courte avenue, maintenant déserte, qui
menait au fort. Le froid, qui n'avait plus à lutter
contre le soleil, avait envahi la nuit ; l'air glacé lui
brûlait les poumons. Mais elle courait, à demi
aveugle, dans l'obscurité. Au sommet de l'avenue,
pourtant, des lumières apparurent, puis descendirent vers elle en zigzaguant. Elle s'arrêta, perçut un
bruit d'élytres et, derrière les lumières qui grossis-
saient, vit enfin d'énormes burnous sous lesquels
étincelaient des roues fragiles de bicyclettes. Les
burnous la frôlèrent ; trois feux rouges surgirent
dans le noir derrière elle, pour disparaître aussitôt.
Elle reprit sa course vers le fort. Au milieu de
l'escalier, la brûlure de l'air dans ses poumons devint
si coupante qu'elle voulut s'arrêter. Un dernier élan
la jeta malgré elle sur la terrasse, contre le parapet
qui lui pressait maintenant le ventre. Elle haletait et

tout se brouillait devant ses yeux. La course ne l'avait pas réchauffée, elle tremblait encore de tous ses membres. Mais l'air froid qu'elle avalait par saccades coula bientôt régulièrement en elle, une chaleur timide commença de naître au milieu des frissons. Ses yeux s'ouvrirent enfin sur les espaces de la nuit.

Aucun souffle, aucun bruit, sinon, parfois, le crépitement étouffé des pierres que le froid réduisait en sable, ne venait troubler la solitude et le silence qui entouraient Janine. Au bout d'un instant, pourtant, il lui sembla qu'une sorte de giration pesante entraînait le ciel au-dessus d'elle. Dans les épaisseurs de la nuit sèche et froide, des milliers d'étoiles se formaient sans trêve et leurs glaçons étincelants, aussitôt détachés, commençaient de glisser insensiblement vers l'horizon. Janine ne pouvait s'arracher à la contemplation de ces feux à la dérive. Elle tournait avec eux et le même cheminement immobile la réunissait peu à peu à son être le plus profond, où le froid et le désir maintenant se combattaient. Devant elle, les étoiles tombaient, une à une, puis s'éteignaient parmi les pierres du désert, et à chaque fois Janine s'ouvrait un peu plus à la nuit. Elle respirait, elle oubliait le froid, le poids des êtres, la vie démente ou figée, la longue angoisse de vivre et de mourir. Après tant d'années où, fuyant devant la peur, elle avait couru follement sans but, elle s'arrêtait enfin. En même temps, il lui semblait retrouver ses racines, la sève montait à nouveau dans son corps qui ne tremblait plus. Pressée de tout son ventre contre le parapet, tendue vers le ciel en mouvement, elle attendait seulement

que son cœur encore bouleversé s'apaisât à son tour
et que le silence se fît en elle. Les dernières étoiles
des constellations laissèrent tomber leurs grappes un
peu plus bas sur l'horizon du désert, et s'immobilisèrent. Alors, avec une douceur insupportable, l'eau
de la nuit commença d'emplir Janine, submergea le
froid, monta peu à peu du centre obscur de son être
et déborda en flots ininterrompus jusqu'à sa bouche
pleine de gémissements. L'instant d'après, le ciel
entier s'étendait au-dessus d'elle, renversée sur la
terre froide.

Quand Janine rentra, avec les mêmes précautions,
Marcel n'était pas réveillé. Mais il grogna lorsqu'elle
se coucha et, quelques secondes après, se dressa
brusquement. Il parla et elle ne comprit pas ce qu'il
disait. Il se leva, donna la lumière qui la gifla en
plein visage. Il marcha en tanguant vers le lavabo et
but longuement à la bouteille d'eau minérale qui s'y
trouvait. Il allait se glisser sous les draps quand, un
genou sur le lit, il la regarda, sans comprendre. Elle
pleurait, de toutes ses larmes, sans pouvoir se
retenir. « Ce n'est rien, mon chéri, disait-elle, ce
n'est rien. »

*Le renégat
ou un esprit confus*

« Quelle bouillie, quelle bouillie ! Il faut mettre de l'ordre dans ma tête. Depuis qu'ils m'ont coupé la langue, une autre langue, je ne sais pas, marche sans arrêt dans mon crâne, quelque chose parle, ou quelqu'un, qui se tait soudain et puis tout recommence, ô j'entends trop de choses que je ne dis pourtant pas, quelle bouillie, et si j'ouvre la bouche, c'est comme un bruit de cailloux remués. De l'ordre, un ordre, dit la langue, et elle parle d'autre chose en même temps, oui j'ai toujours désiré l'ordre. Du moins, une chose est sûre, j'attends le missionnaire qui doit venir me remplacer. Je suis là sur la piste, à une heure de Taghâsa, caché dans un éboulis de rochers, assis sur le vieux fusil. Le jour se lève sur le désert, il fait encore très froid, tout à l'heure il fera trop chaud, cette terre rend fou et moi, depuis tant d'années que je n'en sais plus le compte... Non, encore un effort ! Le missionnaire doit arriver ce matin, ou ce soir. J'ai entendu dire qu'il viendrait avec un guide, il se peut qu'ils n'aient qu'un seul chameau pour eux deux. J'attendrai, j'attends, le froid, le froid seul me fait trembler. Patiente encore, sale esclave !

« Il y a si longtemps que je patiente. Quand j'étais chez moi, dans ce haut plateau du Massif central, mon père grossier, ma mère brute, le vin, la soupe au lard tous les jours, le vin surtout, aigre et froid, et le long hiver, la burle glacée, les congères, les fougères dégoûtantes, oh ! je voulais partir, les quitter d'un seul coup et commencer enfin à vivre, dans le soleil, avec de l'eau claire. J'ai cru au curé, il me parlait du séminaire, il s'occupait tous les jours de moi, il avait le temps dans ce pays protestant où il rasait les murs quand il traversait le village. Il me parlait d'un avenir et du soleil, le catholicisme c'est le soleil, disait-il, et il me faisait lire, il a fait rentrer le latin dans ma tête dure : " Intelligent ce petit, mais un mulet ", si dur d'ailleurs mon crâne que de ma vie entière, malgré toutes les chutes, il n'a jamais saigné : " Tête de vache ", disait mon père ce porc. Au séminaire, ils étaient tout fiers, une recrue du pays protestant c'était une victoire, ils m'ont vu arriver comme le soleil d'Austerlitz. Pâlichon le soleil, il est vrai, à cause de l'alcool, ils ont bu le vin aigre et leurs enfants ont des dents cariées, râ, râ tuer son père, voilà ce qu'il faudrait, mais pas de danger, au fait, qu'il se lance dans la mission puisqu'il est mort depuis longtemps, le vin acide a fini par lui trouer l'estomac, alors il ne reste qu'à tuer le missionnaire.

« J'ai un compte à régler avec lui et avec ses maîtres, avec mes maîtres qui m'ont trompé, avec la sale Europe, tout le monde m'a trompé. La mission, ils n'avaient que ce mot à la bouche, aller aux sauvages et leur dire : " Voici mon Seigneur, regardez-le, il ne frappe jamais ni ne tue, il commande d'une voix douce, il tend l'autre joue, c'est le plus grand des seigneurs, choisissez-le, voyez comme il m'a rendu meilleur, offensez-moi et vous en aurez la preuve. " Oui, j'ai cru râ râ et je me sentais meilleur, j'avais grossi, j'étais presque beau, je voulais des offenses. Quand nous marchions en rangs serrés et noirs, l'été, sous le soleil de Grenoble, et que nous croisions des filles en robes légères, je ne détournais pas, moi, les yeux, je les méprisais, j'attendais qu'elles m'offensent et elles riaient parfois. Je pensais alors : " Qu'elles me frappent et me crachent au visage ", mais leur rire, vraiment, c'était tout comme, hérissé de dents et de pointes qui me déchiraient, l'offense et la souffrance étaient douces ! Mon directeur ne comprenait pas quand je m'accablais : " Mais non, il y a du bon en vous ! " Du bon ! Il y avait en moi du vin aigre, voilà tout, et c'était tant mieux, comment devenir meilleur si l'on n'est pas mauvais, je l'avais bien compris dans tout ce qu'ils m'enseignaient. Je n'avais même compris que cela, une seule idée et mulet intelligent j'allais jusqu'au bout, j'allais au-devant des pénitences, je rognais sur l'ordinaire, enfin je voulais être un exemple, moi aussi, pour qu'on me voie, et qu'en me voyant on rende hommage à ce qui m'avait fait meilleur, à travers moi saluez mon Seigneur.

« Soleil sauvage ! il se lève, le désert change, il n'a plus la couleur du cyclamen des montagnes, ô ma montagne, et la neige, la douce neige molle, non c'est un jaune un peu gris, l'heure ingrate avant le grand éblouissement. Rien, rien encore jusqu'à l'horizon, devant moi, là-bas où le plateau disparaît dans un cercle de couleurs encore tendres. Derrière moi, la piste remonte jusqu'à la dune qui cache Taghâza dont le nom de fer bat dans ma tête depuis tant d'années. Le premier à m'en parler a été le vieux prêtre à demi aveugle qui faisait sa retraite au couvent, mais pourquoi le premier, il était le seul, et moi, ce n'est pas la ville de sel, les murs blancs dans le soleil torride, qui m'ont frappé dans son récit, non, mais la cruauté des habitants sauvages, et la ville fermée à tous les étrangers, un seul de ceux qui avaient tenté d'y entrer, un seul, à sa connaissance, avait pu raconter ce qu'il avait vu. Ils l'avaient fouetté et chassé dans le désert après avoir mis du sel sur ses plaies et dans sa bouche, il avait rencontré des nomades pour une fois compatissants, une chance, et moi, depuis, je rêvais sur son récit, au feu du sel et du ciel, à la maison du fétiche et à ses esclaves, pouvait-on trouver plus barbare, plus excitant, oui, là était ma mission, et je devais aller leur montrer mon Seigneur.

« Ils m'en ont fait des discours au séminaire pour me décourager et qu'il fallait attendre, ce n'était pas un pays de mission, je n'étais pas mûr, je devais me préparer particulièrement, savoir qui j'étais, et encore il fallait m'éprouver, on verrait ensuite ! Mais toujours attendre ah ! non, oui, si on voulait, pour la préparation particulière et les épreuves puisqu'elles se faisaient en Alger et qu'elles me rapprochaient, mais pour le reste je secouais ma tête dure et je répétais la même chose, rejoindre les plus barbares et vivre de leur vie, leur montrer chez eux, et jusque dans la maison du fétiche, par l'exemple, que la vérité de mon Seigneur était la plus forte. Ils m'offenseraient, bien sûr, mais les offenses ne me faisaient pas peur, elles étaient nécessaires à la démonstration, et par la manière dont je les subirais, je subjuguerais ces sauvages, comme un soleil puissant. Puissant, oui, c'était le mot que, sans cesse, je roulais sur ma langue, je rêvais du pouvoir absolu, celui qui fait mettre genoux à terre, qui force l'adversaire à capituler, le convertit enfin, et plus l'adversaire est aveugle, cruel, sûr de lui, enseveli dans sa conviction, et plus son aveu proclame la royauté de celui qui a provoqué sa défaite. Convertir des braves gens un peu égarés c'était l'idéal minable de nos prêtres, je les méprisais de tant pouvoir et d'oser si peu, ils n'avaient pas la foi et je l'avais, je voulais être reconnu par les bourreaux eux-mêmes, les jeter à genoux et leur faire dire : " Seigneur, voici ta victoire ", régner enfin par la seule parole sur une armée de méchants. Ah ! j'étais certain de bien raisonner là-dessus, jamais très sûr de moi autrement, mais mon idée quand je l'ai, je ne la lâche plus, c'est ma force, oui, ma force à moi dont ils avaient tous pitié !

« Le soleil est encore monté, mon front commence à brûler. Les pierres autour de moi crépitent sourdement, seul le canon du fusil est frais, frais comme les prés, comme la pluie du soir, autrefois, quand la soupe cuisait doucement, ils m'attendaient, mon père et ma mère, qui parfois me souriaient, je les aimais peut-être. Mais c'est fini, un voile de chaleur commence à se lever de la piste, viens, missionnaire, je t'attends, je sais maintenant ce qu'il faut répondre au message, mes nouveaux

maîtres m'ont donné la leçon, et je sais qu'ils ont
raison, il faut régler son compte à l'amour. Quand
j'ai fui du séminaire, à Alger, je les imaginais
autrement, ces barbares, une seule chose était vraie
dans mes rêveries, ils sont méchants. Moi, j'avais
volé la caisse de l'économat, quitté la robe, j'ai
traversé l'Atlas, les hauts plateaux et le désert, le
chauffeur de la Transsaharienne se moquait de moi :
" Ne va pas là-bas ", lui aussi qu'est-ce qu'ils avaient
tous, et les vagues de sable pendant des centaines de
kilomètres, échevelées, avançant puis reculant sous
le vent, et la montagne à nouveau, toute en pics
noirs, en arêtes coupantes comme du fer, et après
elle il a fallu un guide pour aller sur la mer de
cailloux bruns, interminable, hurlante de chaleur,
brûlante de mille miroirs hérissés de feux, jusqu'à
cet endroit, à la frontière de la terre des noirs et du
pays blanc, où s'élève la ville de sel. Et l'argent que
le guide m'a volé, naïf toujours naïf je le lui avais
montré, mais il m'a laissé sur la piste, par ici,
justement, après m'avoir frappé : " Chien, voilà la
route j'ai de l'honneur, va, va là-bas, ils t'appren-
dront ", et ils m'ont appris, oh oui, ils sont comme le
soleil qui n'en finit pas, sauf la nuit, de frapper
toujours, avec éclat et orgueil, qui me frappe fort en
ce moment, trop fort, à coups de lances brûlantes
soudain sorties du sol, oh à l'abri, oui à l'abri, sous le
grand rocher, avant que tout s'embrouille.

« L'ombre ici est bonne. Comment peut-on vivre
dans la ville de sel, au creux de cette cuvette pleine
de chaleur blanche ? Sur chacun des murs droits,
taillés à coups de pic, grossièrement rabotés, les
entailles laissées par le pic se hérissent en écailles

éblouissantes, du sable blond épars les jaunit un peu, sauf quand le vent nettoie les murs droits et les terrasses, tout resplendit alors dans une blancheur fulgurante, sous le ciel nettoyé lui aussi jusqu'à son écorce bleue. Je devenais aveugle, dans ces jours où l'immobile incendie crépitait pendant des heures sur la surface des terrasses blanches qui semblaient se rejoindre toutes comme si, un jour d'autrefois, ils avaient attaqué ensemble une montagne de sel, l'avaient d'abord aplanie, puis, à même la masse, avaient creusé les rues, l'intérieur des maisons, et les fenêtres, ou comme si, oui, c'est mieux, ils avaient découpé leur enfer blanc et brûlant avec un chalumeau d'eau bouillante, juste pour montrer qu'ils sauraient habiter là où personne ne le pourrait jamais, à trente jours de toute vie, dans ce creux au milieu du désert, où la chaleur du plein jour interdit tout contact entre les êtres, dresse entre eux des herses de flammes invisibles et de cristaux bouillants, où sans transition le froid de la nuit les fige un à un dans leurs coquillages de gemme, habitants nocturnes d'une banquise sèche, esquimaux noirs grelottant tout d'un coup dans leurs igloos cubiques. Noirs oui, car ils sont habillés de longues étoffes noires et le sel qui envahit jusqu'aux ongles, qu'on remâche amèrement dans le sommeil polaire des nuits, le sel qu'on boit dans l'eau qui vient à l'unique source au creux d'une entaille brillante, laisse parfois sur leurs robes sombres des traces semblables aux traînées des escargots après la pluie.

« La pluie, ô Seigneur, une seule vraie pluie, longue, dure, la pluie de ton ciel ! Alors enfin la ville affreuse, rongée peu à peu, s'affaisserait avec lenteur, irrésistiblement, et fondue tout entière dans un torrent visqueux, emporterait vers les sables ses habitants féroces. Une seule pluie, Seigneur ! Mais quoi, quel seigneur, ce sont eux les seigneurs ! Ils règnent sur leurs maisons stériles, sur leurs esclaves noirs qu'ils font mourir à la mine, et chaque plaque de sel découpée vaut un homme dans les pays du Sud, ils passent, silencieux, couverts de leurs voiles de deuil, dans la blancheur minérale des rues, et, la nuit venue, quand la ville entière semble un fantôme laiteux, ils entrent, en se courbant, dans l'ombre des maisons où les murs de sel luisent faiblement. Ils dorment, d'un sommeil sans poids, et dès le réveil ils commandent, ils frappent, ils disent qu'ils ne sont qu'un seul peuple, que leur dieu est le vrai, et qu'il faut obéir. Ce sont mes seigneurs, ils ignorent la pitié et, comme des seigneurs, ils veulent être seuls, avancer seuls, régner seuls, puisque seuls ils ont eu l'audace de bâtir dans le sel et les sables une froide cité torride. Et moi...

« Quelle bouillie quand la chaleur monte, je transpire, eux jamais, maintenant l'ombre elle aussi s'échauffe, je sens le soleil sur la pierre au-dessus de moi, il frappe, frappe comme un marteau sur toutes les pierres et c'est la musique, la vaste musique de midi, vibration d'air et de pierres sur des centaines de kilomètres râ comme autrefois j'entends le silence. Oui, c'était le même silence, il y a des années de cela, qui m'a accueilli quand les gardes m'ont mené à eux, dans le soleil, au centre de la place, d'où peu à peu les terrasses concentriques s'élevaient vers le couvercle de ciel bleu dur qui reposait sur les bords de la cuvette. J'étais là, jeté à

genoux au creux de ce bouclier blanc, les yeux
rongés par les épées de sel et de feu qui sortaient de
tous les murs, pâle de fatigue, l'oreille saignante du
coup que m'avait donné le guide et eux, grands,
noirs, me regardaient sans rien dire. La journée était
dans son milieu. Sous les coups du soleil de fer, le
ciel résonnait longuement, plaque de tôle chauffée à
blanc, c'était le même silence et ils me regardaient,
le temps passait, ils n'en finissaient plus de me
regarder, et, moi, je ne pouvais soutenir leurs
regards, je haletais de plus en plus fort, j'ai pleuré
enfin, et soudain ils m'ont tourné le dos en silence et
sont partis tous ensemble dans la même direction. A
genoux, je voyais seulement, dans les sandales
rouges et noires, leurs pieds brillants de sel soulever
la longue robe sombre, la pointe un peu dressée, le
talon frappant légèrement le sol, et quand la place a
été vide, on m'a traîné à la maison du fétiche.

« Accroupi, comme aujourd'hui à l'abri du
rocher, et le feu au-dessus de ma tête perce l'épaisseur de la pierre, je suis resté plusieurs jours dans
l'ombre de la maison du fétiche, un peu plus haute
que les autres, entourée d'une enceinte de sel, mais
sans fenêtres, pleine d'une nuit scintillante. Plusieurs jours, et l'on me donnait une écuelle d'eau
saumâtre et du grain qu'on jetait devant moi comme
on donne aux poules, je le ramassais. Le jour, la
porte restait fermée et pourtant, l'ombre devenait
plus légère, comme si le soleil irrésistible parvenait à
couler à travers les masses de sel. Nulle lampe, mais
en marchant à tâtons le long des parois, je touchais
des guirlandes de palmes sèches qui décoraient les
murs et, au fond, une petite porte, grossièrement

taillée, dont je reconnaissais, du bout des doigts, le
loquet. Plusieurs jours, longtemps après, je ne
pouvais compter les journées ni les heures, mais on
m'avait jeté ma poignée de grains une dizaine de
fois et j'avais creusé un trou pour mes ordures que je
recouvrais en vain, l'odeur de tanière flottait toujours, longtemps après, oui la porte s'est ouverte à
deux battants et ils sont entrés.

« L'un d'eux est venu vers moi, accroupi dans un
coin. Je sentais contre ma joue le feu du sel, je
respirais l'odeur poussiéreuse des palmes, je le
regardais venir. Il s'est arrêté à un mètre de moi, il
me fixait en silence, un signe et je me suis levé, il me
fixait de ses yeux de métal qui brillaient, inexpres-
sifs, dans sa face brune de cheval, puis il a levé la
main. Toujours impassible, il m'a saisi par la lèvre
inférieure qu'il a tordue lentement, jusqu'à m'arracher la chair et, sans desserrer les doigts, m'a fait
tourner sur moi-même, reculer jusqu'au centre de la
pièce, il a tiré sur ma lèvre pour que je tombe à
genoux, là, éperdu, la bouche sanglante, puis il s'est
détourné pour rejoindre les autres, rangés le long
des murs. Ils me regardaient gémir dans l'ardeur
intolérable du jour sans une ombre qui entrait par la
porte largement ouverte, et dans cette lumière a
surgi le sorcier aux cheveux de rafia, le torse couvert
d'une cuirasse de perles, les jambes nues sous une
jupe de paille, avec un masque de roseaux et de fils
de fer où deux ouvertures carrées avaient été
pratiquées pour les yeux. Il était suivi de musiciens
et de femmes, aux lourdes robes bariolées qui ne
laissaient rien deviner de leurs corps. Ils ont dansé
devant la porte du fond, mais d'une danse grossière

à peine rythmée, ils remuaient, voilà tout, et enfin le sorcier a ouvert la petite porte derrière moi, les maîtres ne bougeaient pas, ils me regardaient, je me suis retourné et j'ai vu le fétiche, sa double tête de hache, son nez de fer tordu comme un serpent.

« On m'a porté devant lui, au pied du socle, on m'a fait boire une eau noire, amère, amère, et aussitôt ma tête s'est mise à brûler, je riais, voilà l'offense, je suis offensé. Ils m'ont déshabillé, rasé la tête et le corps, lavé à l'huile, battu le visage avec des cordes trempées dans l'eau et le sel, et je riais et détournais la tête mais, chaque fois, deux femmes me prenaient par les oreilles et présentaient mon visage aux coups du sorcier dont je ne voyais que les yeux carrés, je riais toujours, couvert de sang. Ils se sont arrêtés, personne ne parlait, que moi, la bouillie commençait déjà dans ma tête, puis ils m'ont relevé et forcé à lever les yeux sur le fétiche, je ne riais plus. Je savais que je lui étais maintenant voué pour le servir, l'adorer, non, je ne riais plus, la peur et la douleur m'étouffaient. Et là, dans cette maison blanche, entre ces murs que le soleil brûlait au-dehors avec application, le visage tendu, la mémoire exténuée, oui, j'ai essayé de prier le fétiche, il n'y avait que lui, et même son visage horrible était moins horrible que le reste du monde. C'est alors qu'on a enchaîné mes chevilles avec une corde qui laissait libre la longueur de mon pas, ils ont encore dansé, mais cette fois devant le fétiche, les maîtres un à un sont sortis.

« La porte fermée derrière eux, la musique à nouveau, et le sorcier a allumé un feu d'écorces autour duquel il trépignait, sa grande silhouette se brisait aux encoignures des murs blancs, palpitait sur les surfaces plates, remplissait la pièce d'ombres dansantes. Il a tracé un rectangle dans un coin où les femmes m'ont traîné, je sentais leurs mains sèches et douces, elles ont placé près de moi un bol d'eau et un petit tas de grains et m'ont montré le fétiche, j'ai compris que je devais garder les yeux fixés sur lui. Alors le sorcier les a appelées, une à une, près du feu, il en a battu quelques-unes qui gémissaient, et qui sont allées ensuite se prosterner devant le fétiche mon dieu, pendant que le sorcier dansait encore et il les a toutes fait sortir de la pièce jusqu'à ce qu'il n'en restât plus qu'une, toute jeune, accroupie près des musiciens et qui n'avait pas encore été battue. Il la tenait par une tresse qu'il tordait de plus en plus sur son poing, elle se renversait, les yeux exorbités, jusqu'à ce qu'enfin elle tombe sur le dos. Le sorcier la lâchant a crié, les musiciens se sont retournés contre le mur, pendant que derrière le masque aux yeux carrés le cri enflait jusqu'à l'impossible, et la femme se roulait à terre dans une sorte de crise et, à quatre pattes enfin, la tête cachée dans les bras joints, elle a crié elle aussi, mais sourdement, et c'est ainsi que, sans cesser de hurler et de regarder le fétiche, le sorcier l'a prise prestement, avec méchanceté, sans qu'on puisse voir le visage de la femme, maintenant enseveli sous les plis lourds de la robe. Et moi, à force de solitude, égaré, n'ai-je pas crié aussi, oui, hurlé d'épouvante vers le fétiche jusqu'à ce qu'un coup de pied me rejette contre le mur, mordant le sel, comme je mords aujourd'hui le rocher, de ma bouche sans langue, en attendant celui qu'il faut que je tue.

« Maintenant, le soleil a un peu dépassé le milieu du ciel. Entre les fentes du rocher, je vois le trou qu'il fait dans le métal surchauffé du ciel, bouche comme la mienne volubile, et qui vomit sans trêve des fleuves de flammes au-dessus du désert sans couleur. Sur la piste devant moi, rien, pas une poussière à l'horizon, derrière moi ils doivent me rechercher, non, pas encore, c'est à la fin de l'après-midi seulement qu'on ouvrait la porte et je pouvais sortir un peu, après avoir toute la journée nettoyé la maison du fétiche, renouvelé les offrandes et, le soir, la cérémonie commençait où j'étais parfois battu, d'autres fois non, mais toujours je servais le fétiche, le fétiche dont j'ai l'image gravée au fer dans le souvenir et maintenant dans l'espérance. Jamais un dieu ne m'avait tant possédé ni asservi, toute ma vie jours et nuits lui était vouée, et la douleur et l'absence de douleur, n'était-ce pas la joie, lui étaient dues et même, oui, le désir, à force d'assister, presque chaque jour, à cet acte impersonnel et méchant que j'entendais sans le voir, puisque je devais maintenant regarder le mur sous peine d'être battu. Mais le visage collé contre le sel, dominé par les ombres bestiales qui s'agitaient sur la paroi, j'écoutais le long cri, ma gorge était sèche, un brûlant désir sans sexe me serrait les tempes et le ventre. Les jours ainsi succédaient aux jours, je les distinguais à peine les uns des autres, comme s'ils se liquéfiaient dans la chaleur torride et la réverbération sournoise des murs de sel, le temps n'était qu'un clapotement informe où venaient éclater seulement, à intervalles réguliers, des cris de douleur ou de possession, long jour sans âge où le fétiche régnait comme ce soleil féroce sur ma maison de rochers, et maintenant comme alors, je pleure de malheur et de désir, un espoir méchant me brûle, je veux trahir, je lèche le canon de mon fusil et son âme à l'intérieur, son âme, seuls les fusils ont des âmes, oh! oui, le jour où l'on m'a coupé la langue, j'ai appris à adorer l'âme immortelle de la haine !

« Quelle bouillie, quelle fureur, râ, râ, ivre de chaleur et de colère, prosterné, couché sur mon fusil. Qui halète ici ? Je ne peux supporter cette chaleur qui n'en finit plus, cette attente, il faut que je le tue. Nul oiseau, nul brin d'herbe, la pierre, un désir aride, le silence, leurs cris, cette langue en moi qui parle et, depuis qu'ils m'ont mutilé, la longue souffrance plate et déserte privée même de l'eau de la nuit, la nuit à laquelle je rêvais, enfermé avec le dieu, dans ma tanière de sel. Seule la nuit, avec ses étoiles fraîches et ses fontaines obscures, pouvait me sauver, m'enlever enfin aux dieux méchants des hommes, mais toujours enfermé, je ne pouvais la contempler. Si l'autre tarde encore, je la verrai au moins monter du désert et envahir le ciel, froide vigne d'or qui pendra du zénith obscur et où je pourrai boire à loisir, humecter ce trou noir et desséché que nul muscle de chair vivant et souple ne rafraîchit plus, oublier enfin ce jour où la folie m'a pris à la langue.

« Qu'il faisait chaud, chaud, le sel fondait, je le croyais du moins, l'air me rongeait les yeux, et le sorcier est entré sans masque. Presque nue sous une loque grisâtre, une nouvelle femme le suivait dont le visage, couvert d'un tatouage qui lui donnait le masque du fétiche, n'exprimait rien qu'une stupeur

mauvaise d'idole. Seul vivait son corps mince et plat
qui s'est affalé au pied du dieu quand le sorcier a
ouvert la porte du réduit. Puis il est sorti sans me
regarder, la chaleur montait, je ne bougeais pas, le
fétiche me contemplait par-dessus ce corps immobile, mais dont les muscles remuaient doucement et
le visage d'idole de la femme n'a pas changé quand
je me suis approché. Ses yeux seuls se sont agrandis
en me fixant, mes pieds touchaient les siens, la
chaleur alors s'est mise à hurler, et l'idole, sans rien
dire, me regardant toujours de ses yeux dilatés, s'est
renversée peu à peu sur le dos, a ramené lentement
ses jambes vers elle, et les a élevées en écartant
doucement les genoux. Mais, tout de suite après, râ
le sorcier me guettait, ils sont tous entrés et m'ont
arraché à la femme, battu terriblement à l'endroit du
péché, le péché ! quel péché, je ris, où est-il, où la
vertu, ils m'ont plaqué contre un mur, une main
d'acier a serré mes mâchoires, une autre ouvert ma
bouche, tiré ma langue jusqu'à ce qu'elle saigne,
était-ce moi qui hurlais de ce cri de bête, une caresse
coupante et fraîche, oui fraîche enfin, a passé sur ma
langue. Quand j'ai repris connaissance, j'étais seul
dans la nuit, collé contre la paroi, couvert de sang
durci, un bâillon d'herbes sèches à l'odeur étrange
emplissait ma bouche, elle ne saignait plus, mais elle
était inhabitée et dans cette absence vivait seule une
douleur torturante. J'ai voulu me lever, je suis
retombé, heureux, désespérément heureux de mourir enfin, la mort aussi est fraîche et son ombre
n'abrite aucun dieu.

« Je ne suis pas mort, une jeune haine s'est mise
debout un jour, en même temps que moi, a marché

vers la porte du fond, l'a ouverte, l'a fermée derrière
moi, je haïssais les miens, le fétiche était là et, du
fond du trou où je me trouvais, j'ai fait mieux que de
le prier, j'ai cru en lui et j'ai nié tout ce que j'avais
cru jusque-là. Salut, il était la force et la puissance,
on pouvait le détruire, mais non le convertir, il
regardait au-dessus de ma tête de ses yeux vides et
rouillés. Salut, il était le maître, le seul seigneur,
dont l'attribut indiscutable était la méchanceté, il n'y
a pas de maîtres bons. Pour la première fois, à force
d'offenses, le corps entier criant d'une seule douleur, je m'abandonnai à lui et approuvai son ordre
malfaisant, j'adorai en lui le principe méchant du
monde. Prisonnier de son royaume, la ville stérile
sculptée dans une montagne de sel, séparée de la
nature, privée des floraisons fugitives et rares du
désert, soustraite à ces hasards ou ces tendresses, un
nuage insolite, une pluie rageuse et brève, que
même le soleil ou les sables connaissent, la ville de
l'ordre enfin, angles droits, chambres carrées,
hommes roides, je m'en fis librement le citoyen
haineux et torturé, je reniai la longue histoire qu'on
m'avait enseignée. On m'avait trompé, seul le règne
de la méchanceté était sans fissures, on m'avait
trompé, la vérité est carrée, lourde, dense, elle ne
supporte pas la nuance, le bien est une rêverie, un
projet sans cesse remis et poursuivi d'un effort
exténuant, une limite qu'on n'atteint jamais, son
règne est impossible. Seul le mal peut aller jusqu'à
ses limites et régner absolument, c'est lui qu'il faut
servir pour installer son royaume visible, ensuite on
avisera, ensuite qu'est-ce que ça veut dire, seul le
mal est présent, à bas l'Europe, la raison, et

l'honneur et la croix. Oui, je devais me convertir à la religion de mes maîtres, oui oui j'étais esclave, mais si moi aussi je suis méchant je ne suis plus esclave, malgré mes pieds entravés et ma bouche muette. Oh! cette chaleur me rend fou, le désert crie partout sous la lumière intolérable, et lui, l'autre, le Seigneur de la douceur, dont le seul nom me révulse, je le renie, car je le connais maintenant. Il rêvait et il voulait mentir, on lui a coupé la langue pour que sa parole ne vienne plus tromper le monde, on l'a percé de clous jusque dans la tête, sa pauvre tête, comme la mienne maintenant, quelle bouillie, que je suis fatigué, et la terre n'a pas tremblé, j'en suis sûr, ce n'était pas un juste qu'on avait tué, je refuse de le croire, il n'y a pas de justes mais des maîtres méchants qui font régner la vérité implacable. Oui, le fétiche seul a la puissance, il est le dieu unique de ce monde, la haine est son commandement, la source de toute vie, l'eau fraîche, fraîche comme la menthe qui glace la bouche et brûle l'estomac.

« J'ai changé alors, ils l'ont compris, je baisais leur main quand je les rencontrais, j'étais des leurs, les admirant sans me lasser, je leur faisais confiance, j'espérais qu'ils mutileraient les miens comme ils m'avaient mutilé. Et quand j'ai appris que le missionnaire allait venir, j'ai su ce que je devais faire. Ce jour pareil aux autres, le même jour aveuglant qui continuait depuis si longtemps! A la fin de l'après-midi, on a vu surgir un garde, courant sur le haut de la cuvette, et, quelques minutes après, j'étais traîné à la maison du fétiche la porte fermée. L'un d'entre eux me maintenait à terre, dans l'ombre, sous la menace de son sabre en forme de croix

et le silence a duré longtemps jusqu'à ce qu'un bruit
inconnu remplisse la ville d'ordinaire paisible, des
voix que j'ai mis longtemps à reconnaître parce
qu'elles parlaient ma langue, mais dès qu'elles
résonnèrent la pointe de la lame s'abaissa sur mes
yeux, mon garde me fixait en silence. Deux voix se
sont alors rapprochées que j'entends encore, l'une
demandant pourquoi cette maison était gardée, si on
devait enfoncer la porte, mon lieutenant, l'autre
disait : " Non ", d'une voix brève, puis ajoutait,
après un moment, qu'un accord était conclu, que la
ville acceptait une garnison de vingt hommes à
condition qu'ils campent hors de l'enceinte et qu'ils
respectent les usages. Le soldat a ri ils mettent les
pouces mais l'officier ne savait pas, pour la première
fois en tout cas ils acceptaient de recevoir quelqu'un
pour soigner les enfants et ce serait l'aumônier,
après on s'occuperait du territoire. L'autre a dit
qu'ils couperaient à l'aumônier ce qu'il pensait si les
soldats n'étaient pas là : " Oh ! non, a répondu
l'officier, et même le Père Beffort arrivera avant la
garnison, il sera ici dans deux jours. " Je n'entendais
plus rien, immobile, atterré sous la lame, j'avais
mal, une roue d'aiguilles et de couteaux tournait en
moi. Ils étaient fous, ils étaient fous, ils laissaient
toucher à la ville, à leur puissance invincible, au vrai
dieu, et l'autre, celui qui allait venir, on ne lui
couperait pas la langue, il ferait parade de son
insolente bonté sans rien payer, sans subir d'offenses. Le règne du mal serait retardé, il y aurait
encore du doute, on allait à nouveau perdre du
temps à rêver du bien impossible, à s'épuiser en
efforts stériles au lieu de hâter la venue du seul

royaume possible et je regardais la lame qui me menaçait, ô puissance qui seule règne sur le monde ! Ô puissance, et la ville se vidait peu à peu de ses bruits, la porte enfin s'est ouverte, je suis resté seul, brûlé, amer, avec le fétiche, et je lui ai juré de sauver ma nouvelle foi, mes vrais maîtres, mon Dieu despote, de bien trahir, quoi qu'il m'en coûtât.

« Râ, la chaleur cède un peu, la pierre ne vibre plus, je peux sortir de mon trou, regarder le désert se couvrir une à une de couleurs jaunes et ocre, bientôt mauves. Cette nuit, j'ai attendu qu'ils dorment, j'avais coincé la serrure de la porte, je suis sorti du même pas que toujours, mesuré par la corde, je connaissais les rues, je savais où prendre le vieux fusil, quelle sortie n'était pas gardée, et je suis arrivé ici à l'heure où la nuit se décolore autour d'une poignée d'étoiles tandis que le désert fonce un peu. Et maintenant, il me semble qu'il y a des jours et des jours que je suis tapi dans ces rochers. Vite, vite, oh, qu'il vienne vite ! Dans un moment, ils vont commencer à me chercher, ils voleront sur les pistes de tous les côtés, ils ne sauront pas que je suis parti pour eux et pour mieux les servir, mes jambes sont faibles ivre de faim et de haine. Ô ô, là-bas, râ râ au bout de la piste deux chameaux grandissent, courant à l'amble, doublés déjà par de courtes ombres, ils courent de cette allure vive et rêveuse qu'ils ont toujours. Les voici enfin voici !

« Le fusil, vite, et je l'arme vite. Ô fétiche, mon dieu là-bas, que ta puissance soit maintenue, que l'offense soit multipliée, que la haine règne sans pardon sur un monde de damnés, que le méchant soit à jamais le maître, que le royaume enfin arrive

où dans une seule ville de sel et de fer de noirs tyrans
asserviront et posséderont sans pitié ! Et maintenant, râ râ feu sur la pitié, feu sur l'impuissance et sa
charité, feu sur tout ce qui retarde la venue du mal,
feu deux fois, et les voilà qui se renversent, tombent,
et les chameaux fuient droit vers l'horizon, où un
geyser d'oiseaux noirs vient de s'élever dans le ciel
inaltéré. Je ris, je ris, celui-ci se tord dans sa robe
détestée, il dresse un peu la tête, me voit, moi, son
maître entravé tout-puissant, pourquoi me sourit-il,
j'écrase ce sourire ! Que le bruit est bon de la crosse
sur le visage de la bonté, aujourd'hui, aujourd'hui
enfin, tout est consommé et partout dans le désert,
jusqu'à des heures d'ici, des chacals hument le vent
absent, puis se mettent en marche, d'un petit trot
patient, vers le festin de charogne qui les attend.
Victoire ! j'étends les bras vers le ciel qui s'attendrit,
une ombre violette se devine au bord opposé, ô nuits
d'Europe, patrie, enfance, pourquoi faut-il que je
pleure au moment du triomphe ?

« Il a bougé, non, le bruit vient d'ailleurs, et de
l'autre côté là-bas ce sont eux, les voilà qui accou-
rent comme un vol d'oiseaux sombres, mes maîtres,
qui foncent sur moi, me saisissent, ah ! ah ! oui,
frappez, ils craignent leur ville éventrée et hurlante,
ils craignent les soldats vengeurs que j'ai appelés,
c'est ce qu'il fallait, sur la cité sacrée. Défendez-vous
maintenant, frappez, frappez sur moi d'abord, vous
avez la vérité ! Ô mes maîtres, ils vaincront ensuite
les soldats, ils vaincront la parole et l'amour, ils
remonteront les déserts, passeront les mers, rempli-
ront la lumière d'Europe de leurs voiles noirs,
frappez au ventre, oui, frappez aux yeux, sèmeront

leur sel sur le continent, toute végétation, toute jeunesse s'éteindra, et des foules muettes aux pieds entravés chemineront à mes côtés dans le désert du monde sous le soleil cruel de la vraie foi, je ne serai plus seul. Ah! le mal, le mal qu'ils me font, leur fureur est bonne et sur cette selle guerrière où maintenant ils m'écartèlent, pitié, je ris, j'aime ce coup qui me cloue crucifié.

. . . .

« Que le désert est silencieux! La nuit déjà et je suis seul, j'ai soif. Attendre encore, où est la ville, ces bruits au loin, et les soldats peut-être vainqueurs, non il ne faut pas, même si les soldats sont vainqueurs, ils ne sont pas assez méchants, ils ne sauront pas régner, ils diront encore qu'il faut devenir meilleur, et toujours encore des millions d'hommes entre le mal et le bien, déchirés, interdits, ô fétiche pourquoi m'as-tu abandonné? Tout est fini, j'ai soif, mon corps brûle, la nuit obscure emplit mes yeux.

« Ce long ce long rêve, je m'éveille, mais non, je vais mourir, l'aube se lève, la première lumière le jour pour d'autres vivants, et pour moi le soleil inexorable, les mouches. Qui parle, personne, le ciel ne s'entrouvre pas, non, non, Dieu ne parle pas au désert, d'où vient cette voix pourtant qui dit : " Si tu consens à mourir pour la haine et la puissance, qui nous pardonnera ? " Est-ce une autre langue en moi ou celui-ci toujours qui ne veut pas mourir, à mes pieds, et qui répète : " Courage, courage, courage " ? Ah! Si je m'étais trompé à nouveau! Hommes autrefois fraternels, seuls recours, ô solitude, ne m'abandonnez pas! Voici, voici, qui es-tu, déchiré, la bouche sanglante, c'est toi, sorcier, les soldats t'ont vaincu, le sel brûle là-bas, c'est toi mon maître bien-aimé! Quitte ce visage de haine, sois bon maintenant, nous nous sommes trompés, nous recommencerons, nous referons la cité de miséricorde, je veux retourner chez moi. Oui, aide-moi, c'est cela, tends ta main, donne... »

Une poignée de sel emplit la bouche de l'esclave bavard.

Les muets

On était au plein de l'hiver et cependant une journée radieuse se levait sur la ville déjà active. Au bout de la jetée, la mer et le ciel se confondaient dans un même éclat. Yvars, pourtant, ne les voyait pas. Il roulait lourdement le long des boulevards qui dominent le port. Sur la pédale fixe de la bicyclette, sa jambe infirme reposait immobile, tandis que l'autre peinait pour vaincre les pavés encore mouillés de l'humidité nocturne. Sans relever la tête, tout menu sur sa selle, il évitait les rails de l'ancien tramway, il se rangeait d'un coup de guidon brusque pour laisser passer les automobiles qui le doublaient et, de temps en temps, il renvoyait du coude, sur ses reins, la musette où Fernande avait placé son déjeuner. Il pensait alors avec amertume au contenu de la musette. Entre les deux tranches de gros pain, au lieu de l'omelette à l'espagnole qu'il aimait, ou du bifteck frit dans l'huile, il avait seulement du fromage.

Le chemin de l'atelier ne lui avait jamais paru aussi long. Il vieillissait, aussi. A quarante ans, et bien qu'il fût resté sec comme un sarment de vigne, les muscles ne se réchauffent pas aussi vite. Parfois,

en lisant des comptes rendus sportifs où l'on appelait
vétéran un athlète de trente ans, il haussait les
épaules. « Si c'est un vétéran, disait-il à Fernande,
alors, moi, je suis déjà aux allongés. » Pourtant, il
savait que le journaliste n'avait pas tout à fait tort. A
trente ans, le souffle fléchit déjà, imperceptiblement. A quarante, on n'est pas aux allongés, non,
mais on s'y prépare, de loin, avec un peu d'avance.
N'était-ce pas pour cela que depuis longtemps il ne
regardait plus la mer, pendant le trajet qui le menait
à l'autre bout de la ville où se trouvait la tonnellerie ? Quand il avait vingt ans, il ne pouvait se lasser
de la contempler ; elle lui promettait une fin de
semaine heureuse, à la plage. Malgré ou à cause de
sa boiterie, il avait toujours aimé la nage. Puis les
années avaient passé, il y avait eu Fernande, la
naissance du garçon, et, pour vivre, les heures
supplémentaires, à la tonnellerie le samedi, le
dimanche chez des particuliers où il bricolait. Il avait
perdu peu à peu l'habitude de ces journées violentes
qui le rassasiaient. L'eau profonde et claire, le fort
soleil, les filles, la vie du corps, il n'y avait pas
d'autre bonheur dans son pays. Et ce bonheur
passait avec la jeunesse. Yvars continuait d'aimer la
mer, mais seulement à la fin du jour quand les eaux
de la baie fonçaient un peu. L'heure était douce sur
la terrasse de sa maison où il s'asseyait après le
travail, content de sa chemise propre que Fernande
savait si bien repasser, et du verre d'anisette couvert
de buée. Le soir tombait, une douceur brève s'installait dans le ciel, les voisins qui parlaient avec Yvars
baissaient soudain la voix. Il ne savait pas alors s'il
était heureux, ou s'il avait envie de pleurer. Du

moins, il était d'accord dans ces moments-là, il n'avait rien à faire qu'à attendre, doucement, sans trop savoir quoi.

Les matins où il regagnait son travail, au contraire, il n'aimait plus regarder la mer, toujours fidèle au rendez-vous, mais qu'il ne reverrait qu'au soir. Ce matin-là, il roulait, la tête baissée, plus pesamment encore que d'habitude, le cœur aussi était lourd. Quand il était rentré de la réunion, la veille au soir, et qu'il avait annoncé qu'on reprenait le travail : « Alors, avait dit Fernande joyeuse, le patron vous augmente ? » Le patron n'augmentait rien du tout, la grève avait échoué. Ils n'avaient pas bien manœuvré, on devait le reconnaître. Une grève de colère, et le syndicat avait eu raison de suivre mollement. Une quinzaine d'ouvriers, d'ailleurs, ce n'était pas grand-chose ; le syndicat tenait compte des autres tonnelleries qui n'avaient pas marché. On ne pouvait pas trop leur en vouloir. La tonnellerie, menacée par la construction des bateaux et des camions-citernes, n'allait pas fort. On faisait de moins en moins de barils et de bordelaises ; on réparait surtout les grands foudres qui existaient déjà. Les patrons voyaient leurs affaires compromises, c'était vrai, mais ils voulaient quand même préserver une marge de bénéfices ; le plus simple leur paraissait encore de freiner les salaires, malgré la montée des prix. Que peuvent faire des tonneliers quand la tonnellerie disparaît ? On ne change pas de métier quand on a pris la peine d'en apprendre un ; celui-là était difficile, il demandait un long apprentissage. Le bon tonnelier, celui qui ajuste ses douelles courbes, les resserre au feu et au cercle de fer, presque hermétiquement, sans utiliser le rafia ou l'étoupe, était rare. Yvars le savait et il en était fier. Changer de métier n'est rien, mais renoncer à ce qu'on sait, à sa propre maîtrise, n'est pas facile. Un beau métier sans emploi, on était coincé, il fallait se résigner. Mais la résignation non plus n'est pas facile. Il était difficile d'avoir la bouche fermée, de ne pas pouvoir vraiment discuter et de reprendre la même route, tous les matins, avec une fatigue qui s'accumule, pour recevoir, à la fin de la semaine, seulement ce qu'on veut bien vous donner, et qui suffit de moins en moins.

Alors, ils s'étaient mis en colère. Il y en avait deux ou trois qui hésitaient, mais la colère les avait gagnés aussi après les premières discussions avec le patron. Il avait dit en effet, tout sec, que c'était à prendre ou à laisser. Un homme ne parle pas ainsi. « Qu'est-ce qu'il croit ! avait dit Esposito, qu'on va baisser le pantalon ? » Le patron n'était pas un mauvais bougre, d'ailleurs. Il avait pris la succession du père, avait grandi dans l'atelier et connaissait depuis des années presque tous les ouvriers. Il les invitait parfois à des casse-croûte, dans la tonnellerie ; on faisait griller des sardines ou du boudin sur des feux de copeaux et, le vin aidant, il était vraiment très gentil. A la nouvelle année, il donnait toujours cinq bouteilles de vin fin à chacun des ouvriers, et souvent, quand il y avait parmi eux un malade ou simplement un événement, mariage ou communion, il leur faisait un cadeau d'argent. A la naissance de sa fille, il y avait eu des dragées pour tout le monde. Deux ou trois fois, il avait invité Yvars à chasser dans sa propriété du littoral. Il aimait bien ses ouvriers, sans doute, et il rappelait souvent que son père avait débuté comme apprenti. Mais il n'était jamais allé chez eux, il ne se rendait pas compte. Il ne pensait qu'à lui, parce qu'il ne connaissait que lui, et maintenant c'était à prendre ou à laisser. Autrement dit, il s'était buté à son tour. Mais, lui, il pouvait se le permettre.

Ils avaient forcé la main au syndicat, l'atelier avait fermé ses portes. « Ne vous fatiguez pas pour les piquets de grève, avait dit le patron. Quand l'atelier ne travaille pas, je fais des économies. » Ce n'était pas vrai, mais ça n'avait pas arrangé les choses puisqu'il leur disait en pleine figure qu'il les faisait travailler par charité. Esposito était fou de rage et lui avait dit qu'il n'était pas un homme. L'autre avait le sang chaud et il fallut les séparer. Mais, en même temps, les ouvriers avaient été impressionnés. Vingt jours de grève, les femmes tristes à la maison, deux ou trois d'entre eux découragés, et pour finir, le syndicat avait conseillé de céder, sur la promesse d'un arbitrage et d'une récupération des journées de grève par des heures supplémentaires. Ils avaient décidé la reprise du travail, en crânant, bien sûr, en disant que ce n'était pas cuit, que c'était à revoir. Mais ce matin, une fatigue qui ressemblait au poids de la défaite, le fromage au lieu de la viande, et l'illusion n'était plus possible. Le soleil avait beau briller, la mer ne promettait plus rien. Yvars appuyait sur son unique pédale et, à chaque tour de roue, il lui semblait vieillir un peu plus. Il ne pouvait penser à l'atelier, aux camarades et au patron qu'il allait retrouver, sans que son cœur s'alourdît un peu plus. Fernande s'était inquiétée : « Qu'est-ce que

vous allez lui dire ? — Rien. » Yvars avait enfourché
sa bicyclette, et secouait la tête. Il serrait les dents ;
son petit visage brun et ridé, aux traits fins, s'était
fermé. « On travaille. Ça suffit. » Maintenant il
roulait, les dents toujours serrées, avec une colère
triste et sèche qui assombrissait jusqu'au ciel lui-
même.

Il quitta le boulevard, et la mer, s'engagea dans les
rues humides du vieux quartier espagnol. Elles
débouchaient dans une zone occupée seulement par
des remises, des dépôts de ferraille et des garages,
où s'élevait l'atelier : une sorte de hangar, maçonné
jusqu'à mi-hauteur, vitré ensuite jusqu'au toit de
tôle ondulée. Cet atelier donnait sur l'ancienne
tonnellerie, une cour encadrée de vieux préaux,
qu'on avait abandonnée lorsque l'entreprise s'était
agrandie et qui n'était plus maintenant qu'un dépôt
de machines usagées et de vieilles futailles. Au-delà
de la cour, séparé d'elle par une sorte de chemin
couvert en vieilles tuiles, commençait le jardin du
patron au bout duquel s'élevait la maison. Grande et
laide, elle était avenante, cependant, à cause de sa
vigne vierge et du maigre chèvrefeuille qui entourait
l'escalier extérieur.

Yvars vit tout de suite que les portes de l'atelier
étaient fermées. Un groupe d'ouvriers se tenait en
silence devant elles. Depuis qu'il travaillait ici,
c'était la première fois qu'il trouvait les portes
fermées en arrivant. Le patron avait voulu marquer
le coup. Yvars se dirigea vers la gauche, rangea sa
bicyclette sous l'appentis qui prolongeait le hangar
de ce côté et marcha vers la porte. Il reconnut de
loin Esposito, un grand gaillard brun et poilu qui

travaillait à côté de lui, Marcou, le délégué syndical,
avec sa tête de tenorino, Saïd, le seul Arabe de
l'atelier, puis tous les autres qui, en silence, le
regardaient venir. Mais avant qu'il les eût rejoints,
ils se retournèrent soudain vers les portes de l'atelier
qui venaient de s'entrouvrir. Ballester, le contremaî-
tre, apparaissait dans l'embrasure. Il ouvrait l'une
des lourdes portes et, tournant alors le dos aux
ouvriers, la poussait lentement sur son rail de fonte.

Ballester, qui était le plus vieux de tous, désap-
prouvait la grève, mais s'était tu à partir du moment
où Esposito lui avait dit qu'il servait les intérêts du
patron. Maintenant, il se tenait près de la porte,
large et court dans son tricot bleu marine, déjà pieds
nus (avec Saïd, il était le seul qui travaillât pieds nus)
et il les regardait entrer un à un, de ses yeux
tellement clairs qu'ils paraissaient sans couleur dans
son vieux visage basané, la bouche triste sous la
moustache épaisse et tombante. Eux se taisaient,
humiliés de cette entrée de vaincus, furieux de leur
propre silence, mais de moins en moins capables de
le rompre à mesure qu'il se prolongeait. Ils passaient, sans regarder Ballester dont ils savaient qu'il
exécutait un ordre en les faisant entrer de cette
manière, et dont l'air amer et chagrin les renseignait
sur ce qu'il pensait. Yvars, lui, le regarda. Ballester,
qui l'aimait bien, hocha la tête sans rien dire.

Maintenant, ils étaient tous au petit vestiaire, à
droite de l'entrée : des stalles ouvertes, séparées par
des planches de bois blanc où l'on avait accroché, de
chaque côté, un petit placard fermant à clé ; la
dernière stalle à partir de l'entrée, à la rencontre des
murs du hangar, avait été transformée en cabine de

douches, au-dessus d'une rigole d'écoulement creu-
sée à même le sol de terre battue. Au centre du
hangar, on voyait, selon les places de travail, des
bordelaises déjà terminées, mais cerclées lâches, et
qui attendaient le forçage au feu, des bancs épais,
creusés d'une longue fente (et pour certains d'entre
eux des fonds de bois circulaires, attendant d'être
affûtés à la varlope, y étaient glissés), des feux
noircis enfin. Le long du mur, à gauche de l'entrée,
s'alignaient les établis. Devant eux s'entassaient les
piles de douelles à raboter. Contre le mur de droite,
non loin du vestiaire, deux grandes scies mécani-
ques, bien huilées, fortes et silencieuses, luisaient.

Depuis longtemps, le hangar était devenu trop
grand pour la poignée d'hommes qui l'occupaient.
C'était un avantage pendant les grandes chaleurs, un
inconvénient l'hiver. Mais aujourd'hui, dans ce
grand espace, le travail planté là, les tonneaux
échoués dans les coins, avec l'unique cercle qui
réunissait les pieds des douelles épanouies dans le
haut, comme de grossières fleurs de bois, la poussière de sciure qui recouvrait les bancs, les caisses
d'outils et les machines, tout donnait à l'atelier un
air d'abandon. Ils le regardaient, vêtus maintenant
de leurs vieux tricots, de leurs pantalons délavés et
rapiécés, et ils hésitaient. Ballester les observait.
« Alors, dit-il, on y va ? » Un à un, ils gagnèrent leur
place sans rien dire. Ballester allait d'un poste à
l'autre et rappelait brièvement le travail à commencer ou à terminer. Personne ne répondait. Bientôt,
le premier marteau résonna contre le coin de bois
ferré qui enfonçait un cercle sur la partie renflée
d'un tonneau, une varlope gémit dans un nœud de

bois, et l'une des scies, lancée par Esposito, démarra avec un grand bruit de lames froissées. Saïd, à la demande, apportait des douelles, ou allumait les feux de copeaux sur lesquels on plaçait les tonneaux pour les faire gonfler dans leur corset de lames ferrées. Quand personne ne le réclamait, il rivait aux établis, à grands coups de marteau, les larges cercles rouillés. L'odeur des copeaux brûlés commençait de remplir le hangar. Yvars, qui rabotait et ajustait les douelles taillées par Esposito, reconnut le vieux parfum et son cœur se desserra un peu. Tous travaillaient en silence, mais une chaleur, une vie renaissaient peu à peu dans l'atelier. Par les grands vitrages, une lumière fraîche remplissait le hangar. Les fumées bleuissaient dans l'air doré ; Yvars entendit même un insecte bourdonner près de lui.

A ce moment, la porte qui donnait dans l'ancienne tonnellerie s'ouvrit sur le mur du fond, et M. Lassalle, le patron, s'arrêta sur le seuil. Mince et brun, il avait à peine dépassé la trentaine. La chemise blanche largement ouverte sur un complet de gabardine beige, il avait l'air à l'aise dans son corps. Malgré son visage très osseux, taillé en lame de couteau, il inspirait généralement la sympathie, comme la plupart des gens que le sport a libérés dans leurs attitudes. Il semblait pourtant un peu embarrassé en franchissant la porte. Son bonjour fut moins sonore que d'habitude ; personne en tout cas n'y répondit. Le bruit des marteaux hésita, se désaccorda un peu, et reprit de plus belle. M. Lassalle fit quelques pas indécis, puis il avança vers le petit Valery, qui travaillait avec eux depuis un an seulement. Près de la scie mécanique, à quelques pas

d'Yvars, il plaçait un fond sur une bordelaise et le
patron le regardait faire. Valery continuait à travailler, sans rien dire. « Alors, fils, dit M. Lassalle, ça
va ? » Le jeune homme devint tout d'un coup plus
maladroit dans ses gestes. Il jeta un regard à
Esposito qui, près de lui, entassait sur ses bras
énormes une pile de douelles pour les porter à
Yvars. Esposito le regardait aussi, tout en conti-
nuant son travail, et Valery repiqua le nez dans sa
bordelaise sans rien répondre au patron. Lassalle,
un peu interdit, resta un court moment planté
devant le jeune homme, puis il haussa les épaules et
se retourna vers Marcou. Celui-ci, à califourchon sur
son banc, finissait d'affûter, à petits coups lents et
précis, le tranchant d'un fond. « Bonjour, Marcou », dit Lassalle, d'un ton plus sec. Marcou ne
répondit pas, attentif seulement à ne tirer de son
bois que de très légers copeaux. « Qu'est-ce qui vous
prend, dit Lassalle d'une voix forte et en se tournant
cette fois vers les autres ouvriers. On n'a pas été
d'accord, c'est entendu. Mais ça n'empêche pas
qu'on doive travailler ensemble. Alors, à quoi ça
sert ? » Marcou se leva, souleva son fond, vérifia du
plat de la main le tranchant circulaire, plissa ses yeux
langoureux avec un air de grande satisfaction et,
toujours silencieux, se dirigea vers un autre ouvrier
qui assemblait une bordelaise. Dans tout l'atelier, on
n'entendait que le bruit des marteaux et de la scie
métallique. « Bon, dit Lassalle, quand ça vous aura
passé, vous me le ferez dire par Ballester. » A pas
tranquilles, il sortit de l'atelier.

Presque tout de suite après, au-dessus du vacarme
de l'atelier, une sonnerie retentit deux fois. Balles-

ter, qui venait de s'asseoir pour rouler une cigarette, se leva pesamment et gagna la petite porte au fond. Après son départ, les marteaux frappèrent moins fort ; l'un des ouvriers venait même de s'arrêter quand Ballester revint. De la porte, il dit seulement : « Le patron vous demande, Marcou et Yvars. » Le premier mouvement d'Yvars fut d'aller se laver les mains, mais Marcou le saisit au passage par le bras et il le suivit en boitant.

Au-dehors, dans la cour, la lumière était si fraîche, si liquide, qu'Yvars la sentait sur son visage et sur ses bras nus. Ils gravirent l'escalier extérieur, sous le chèvrefeuille où apparaissaient déjà quelques fleurs. Quand ils entrèrent dans le corridor tapissé de diplômes, ils entendirent des pleurs d'enfant et la voix de M. Lassalle qui disait : « Tu la coucheras après le déjeuner. On appellera le docteur si ça ne lui passe pas. » Puis le patron surgit dans le corridor et les fit entrer dans le petit bureau qu'ils connaissaient déjà, meublé de faux rustique, les murs ornés de trophées sportifs. « Asseyez-vous », dit Lassalle en prenant place derrière son bureau. Ils restèrent debout. « Je vous ai fait venir parce que vous êtes, vous, Marcou, le délégué et, toi, Yvars, mon plus vieil employé après Ballester. Je ne veux pas reprendre les discussions qui sont maintenant finies. Je ne peux pas, absolument pas, vous donner ce que vous demandez. L'affaire a été réglée, nous sommes arrivés à la conclusion qu'il fallait reprendre le travail. Je vois que vous m'en voulez et ça m'est pénible, je vous le dis comme je le sens. Je veux simplement ajouter ceci : ce que je ne peux pas faire aujourd'hui, je pourrai peut-être le faire quand les

affaires reprendront. Et si je peux le faire, je le ferai
avant même que vous me le demandiez. En attendant, essayons de travailler en accord. » Il se tut,
sembla réfléchir, puis leva les yeux sur eux.
« Alors ? » dit-il. Marcou regardait au-dehors.
Yvars, les dents serrées, voulait parler, mais ne
pouvait pas. « Écoutez, dit Lassalle, vous vous êtes
tous butés. Ça vous passera. Mais quand vous serez
devenus raisonnables, n'oubliez pas ce que je viens
de vous dire. » Il se leva, vint vers Marcou et lui
tendit la main. « Chao ! » dit-il. Marcou pâlit d'un
seul coup, son visage de chanteur de charme se
durcit et, l'espace d'une seconde, devint méchant.
Puis il tourna brusquement les talons et sortit.
Lassalle, pâle aussi, regarda Yvars sans lui tendre la
main. « Allez vous faire foutre », cria-t-il.

Quand ils rentrèrent dans l'atelier, les ouvriers
déjeunaient. Ballester était sorti. Marcou dit seulement : « Du vent », et il regagna sa place de travail.
Esposito s'arrêta de mordre dans son pain pour
demander ce qu'ils avaient répondu ; Yvars dit qu'ils
n'avaient rien répondu. Puis, il alla chercher sa
musette et revint s'asseoir sur le banc où il travaillait. Il commençait de manger lorsque, non loin de
lui, il aperçut Saïd, couché sur le dos dans un tas de
copeaux, le regard perdu vers les verrières, bleuies
par un ciel maintenant moins lumineux. Il lui
demanda s'il avait déjà fini. Saïd dit qu'il avait
mangé ses figues. Yvars s'arrêta de manger. Le
malaise qui ne l'avait pas quitté depuis l'entrevue
avec Lassalle disparaissait soudain pour laisser seulement place à une bonne chaleur. Il se leva en
rompant son pain et dit, devant le refus de Saïd, que

la semaine prochaine tout irait mieux. « Tu m'invite-
ras à ton tour », dit-il. Saïd sourit. Il mordait
maintenant dans un morceau du sandwich d'Yvars,
mais légèrement, comme un homme sans faim.

Esposito prit une vieille casserole et alluma un
petit feu de copeaux et de bois. Il fit réchauffer du
café qu'il avait apporté dans une bouteille. Il dit que
c'était un cadeau pour l'atelier que son épicier lui
avait fait quand il avait appris l'échec de la grève. Un
verre à moutarde circula de main en main. A chaque
fois, Esposito versait le café déjà sucré. Saïd l'avala
avec plus de plaisir qu'il n'avait mis à manger.
Esposito buvait le reste du café à même la casserole
brûlante, avec des clappements de lèvres et des
jurons. A ce moment, Ballester entra pour annoncer
la reprise.

Pendant qu'ils se levaient et rassemblaient papiers
et vaisselles dans leurs musettes, Ballester vint se
placer au milieu d'eux et dit soudain que c'était un
coup dur pour tous, et pour lui aussi, mais que ce
n'était pas une raison pour se conduire comme des
enfants et que ça ne servait à rien de bouder.
Esposito, la casserole à la main, se tourna vers lui ;
son épais et long visage avait rougi d'un coup. Yvars
savait ce qu'il allait dire, et que tous pensaient en
même temps que lui, qu'ils ne boudaient pas, qu'on
leur avait fermé la bouche, c'était à prendre ou à
laisser, et que la colère et l'impuissance font parfois
si mal qu'on ne peut même pas crier. Ils étaient des
hommes, voilà tout, et ils n'allaient pas se mettre à
faire des sourires et des mines. Mais Esposito ne dit
rien de tout cela, son visage se détendit enfin, et il
frappa doucement l'épaule de Ballester pendant que

les autres retournaient à leur travail. De nouveau les
marteaux résonnèrent, le grand hangar s'emplit du
vacarme familier, de l'odeur des copeaux et des
vieux vêtements mouillés de sueur. La grande scie
vrombissait et mordait dans le bois frais de la douelle
qu'Esposito poussait lentement devant lui. A l'endroit de la morsure, une sciure mouillée jaillissait et
recouvrait d'une sorte de chapelure de pain les
grosses mains poilues, fermement serrées sur le bois,
de chaque côté de la lame rugissante. Quand la
douelle était tranchée, on n'entendait plus que le
bruit du moteur.

Yvars sentait maintenant la courbature de son dos
penché sur la varlope. D'habitude, la fatigue ne
venait que plus tard. Il avait perdu son entraînement
pendant ces semaines d'inaction, c'était évident.
Mais il pensait aussi à l'âge qui fait plus dur le travail
des mains, quand ce travail n'est pas de simple
précision. Cette courbature lui annonçait aussi la
vieillesse. Là où les muscles jouent, le travail finit
par être maudit, il précède la mort, et les soirs de
grands efforts, le sommeil justement est comme la
mort. Le garçon voulait être instituteur, il avait
raison, ceux qui faisaient des discours sur le travail
manuel ne savaient pas de quoi ils parlaient.

Quand Yvars se redressa pour reprendre souffle et
chasser aussi ces mauvaises pensées, la sonnerie
retentit à nouveau. Elle insistait, mais d'une si
curieuse manière, avec de courts arrêts et des
reprises impérieuses, que les ouvriers s'arrêtèrent.
Ballester écoutait, surpris, puis se décida et gagna
lentement la porte. Il avait disparu depuis quelques
secondes quand la sonnerie cessa enfin. Ils reprirent

le travail. De nouveau, la porte s'ouvrit brutalement, et Ballester courut vers le vestiaire. Il en
sortit, chaussé d'espadrilles, enfilant sa veste, dit à
Yvars en passant : « La petite a eu une attaque. Je
vais chercher Germain », et courut vers la grande
porte. Le docteur Germain s'occupait de l'atelier ; il
habitait le faubourg. Yvars répéta la nouvelle sans
commentaires. Ils étaient autour de lui et se regardaient, embarrassés. On n'entendait plus que le
moteur de la scie mécanique qui roulait librement.
« Ce n'est peut-être rien », dit l'un d'eux. Ils rega-
gnèrent leur place, l'atelier se remplit de nouveau de
leurs bruits, mais ils travaillaient lentement, comme
s'ils attendaient quelque chose.

Au bout d'un quart d'heure, Ballester entra de
nouveau, déposa sa veste et, sans dire un mot,
ressortit par la petite porte. Sur les verrières, la
lumière fléchissait. Un peu après, dans les intervalles où la scie ne mordait pas le bois, on entendit le
timbre mat d'une ambulance, d'abord lointaine, puis
proche, et présente, maintenant silencieuse. Au
bout d'un moment, Ballester revint et tous avancèrent vers lui. Esposito avait coupé le moteur,
Ballester dit qu'en se déshabillant dans sa chambre,
l'enfant était tombée d'un coup, comme si on l'avait
fauchée. « Ça, alors ! » dit Marcou. Ballester hocha
la tête et eut un geste vague vers l'atelier ; mais il
avait l'air bouleversé. On entendit à nouveau le
timbre de l'ambulance. Ils étaient tous là, dans
l'atelier silencieux, sous les flots de lumière jaune
déversés par les verrières, avec leurs rudes mains

inutiles qui pendaient le long des vieux pantalons
couverts de sciure.

Le reste de l'après-midi se traîna. Yvars ne sentait
plus que sa fatigue et son cœur toujours serré. Il
aurait voulu parler. Mais il n'avait rien à dire et les
autres non plus. Sur leurs visages taciturnes se
lisaient seulement le chagrin et une sorte d'obstina-
tion. Parfois, en lui, le mot malheur se formait, mais
à peine, et il disparaissait aussitôt comme une bulle
naît et éclate en même temps. Il avait envie de
rentrer chez lui, de retrouver Fernande, le garçon, et
la terrasse aussi. Justement, Ballester annonçait la
clôture. Les machines s'arrêtèrent. Sans se presser,
ils commencèrent d'éteindre les feux et de ranger
leur place, puis ils gagnèrent un à un le vestiaire.
Saïd resta le dernier, il devait nettoyer les lieux de
travail, et arroser le sol poussiéreux. Quand Yvars
arriva au vestiaire, Esposito, énorme et velu, était
déjà sous la douche. Il leur tournait le dos, tout en se
savonnant à grand bruit. D'habitude, on le plaisan-
tait sur sa pudeur ; ce grand ours, en effet, dissimu-
lait obstinément ses parties nobles. Mais personne
ne parut s'en apercevoir ce jour-là. Esposito sortit à
reculons et enroula autour de ses hanches une
serviette en forme de pagne. Les autres prirent leur
tour et Marcou claquait vigoureusement ses flancs
nus quand on entendit la grande porte rouler lentement sur sa roue de fonte. Lassalle entra.

Il était habillé comme lors de sa première visite,
mais ses cheveux étaient un peu dépeignés. Il
s'arrêta sur le seuil, contempla le vaste atelier
déserté, fit quelques pas, s'arrêta encore et regarda
vers le vestiaire. Esposito, toujours couvert de son

pagne, se tourna vers lui. Nu, embarrassé, il se
balançait un peu d'un pied sur l'autre. Yvars pensa
que c'était à Marcou de dire quelque chose. Mais
Marcou se tenait, invisible, derrière la pluie d'eau
qui l'entourait. Esposito se saisit d'une chemise, et il
la passait prestement quand Lassalle dit : « Bonsoir », d'une voix un peu détimbrée, et se mit à
marcher vers la petite porte. Quand Yvars pensa
qu'il fallait l'appeler, la porte se refermait déjà.

Yvars se rhabilla alors sans se laver, dit bonsoir lui
aussi, mais avec tout son cœur, et ils lui répondirent
avec la même chaleur. Il sortit rapidement, retrouva
sa bicyclette et, quand il l'enfourcha, sa courbature.
Il roulait maintenant dans l'après-midi finissant, à
travers la ville encombrée. Il allait vite, il voulait
retrouver la vieille maison et la terrasse. Il se laverait
dans la buanderie avant de s'asseoir et de regarder la
mer qui l'accompagnait déjà, plus foncée que le
matin, au-dessus des rampes du boulevard. Mais la
petite fille aussi l'accompagnait et il ne pouvait
s'empêcher de penser à elle.

A la maison, le garçon était revenu de l'école et
lisait des illustrés. Fernande demanda à Yvars si tout
s'était bien passé. Il ne dit rien, se lava dans la
buanderie, puis s'assit sur le banc, contre le petit
mur de la terrasse. Du linge reprisé pendait au-
dessus de lui, le ciel devenait transparent ; par-delà
le mur, on pouvait voir la mer douce du soir.
Fernande apporta l'anisette, deux verres, la gargou-
lette d'eau fraîche. Elle prit place près de son mari.
Il lui raconta tout, en lui tenant la main, comme aux
premiers temps de leur mariage. Quand il eut fini, il
resta immobile, tourné vers la mer où courait déjà,

d'un bout à l'autre de l'horizon, le rapide crépuscule. « Ah, c'est de sa faute ! » dit-il. Il aurait voulu être jeune, et que Fernande le fût encore, et ils seraient partis, de l'autre côté de la mer.

L'hôte

Est-ce que le Batron
vous semblez comme
une mauvaise personne?

la conaissance de
Soi

L'instituteur regardait les deux hommes monter
vers lui. L'un était à cheval, l'autre à pied. Ils
n'avaient pas encore entamé le raidillon abrupt qui
menait à l'école, bâtie au flanc d'une colline. Ils
peinaient, progressant lentement dans la neige,
entre les pierres, sur l'immense étendue du haut
plateau désert. De temps en temps, le cheval bron-
chait visiblement. On ne l'entendait pas encore,
mais on voyait le jet de vapeur qui sortait alors de
ses naseaux. L'un des hommes, au moins, connaissait le pays. Ils suivaient la piste qui avait pourtant
disparu depuis plusieurs jours sous une couche
blanche et sale. L'instituteur calcula qu'ils ne
seraient pas sur la colline avant une demi-heure. Il
faisait froid ; il rentra dans l'école pour chercher un
chandail.

Il traversa la salle de classe vide et glacée. Sur le
tableau noir les quatre fleuves de France, dessinés
avec quatre craies de couleurs différentes, coulaient
vers leur estuaire depuis trois jours. La neige était
tombée brutalement à la mi-octobre, après huit mois
de sécheresse, sans que la pluie eût apporté une
transition et la vingtaine d'élèves qui habitaient dans

les villages disséminés sur le plateau ne venaient
plus. Il fallait attendre le beau temps. Daru ne
chauffait plus que l'unique pièce qui constituait son
logement, attenant à la classe, et ouvrant aussi sur le
plateau à l'est. Une fenêtre donnait encore, comme
celles de la classe, sur le midi. De ce côté, l'école se
trouvait à quelques kilomètres de l'endroit où le
plateau commençait à descendre vers le sud. Par
temps clair, on pouvait apercevoir les masses vio-
lettes du contrefort montagneux où s'ouvrait la porte
du désert.

Un peu réchauffé, Daru retourna à la fenêtre d'où
il avait, pour la première fois, aperçu les deux
hommes. On ne les voyait plus. Ils avaient donc
attaqué le raidillon. Le ciel était moins foncé : dans
la nuit, la neige avait cessé de tomber. Le matin
s'était levé sur une lumière sale qui s'était à peine
renforcée à mesure que le plafond de nuages remontait. A deux heures de l'après-midi, on eût dit que la
journée commençait seulement. Mais cela valait
mieux que ces trois jours où l'épaisse neige tombait
au milieu des ténèbres incessantes, avec de petites
sautes de vent qui venaient secouer la double porte
de la classe. Daru patientait alors de longues heures
dans sa chambre, dont il ne sortait que pour aller
sous l'appentis, soigner les poules et puiser dans la
provision de charbon. Heureusement, la camion-
nette de Tadjid, le village le plus proche au nord,
avait apporté le ravitaillement deux jours avant la
tourmente. Elle reviendrait dans quarante-huit
heures.

Il avait d'ailleurs de quoi soutenir un siège, avec
les sacs de blé qui encombraient la petite chambre et

que l'administration lui laissait en réserve pour
distribuer à ceux de ses élèves dont les familles
avaient été victimes de la sécheresse. En réalité, le
malheur les avait tous atteints puisque tous étaient
pauvres. Chaque jour, Daru distribuait une ration
aux petits. Elle leur avait manqué, il le savait bien,
pendant ces mauvais jours. Peut-être un des pères
ou des grands frères viendrait ce soir et il pourrait les
ravitailler en grains. Il fallait faire la soudure avec la
prochaine récolte, voilà tout. Des navires de blé
arrivaient maintenant de France, le plus dur était
passé. Mais il serait difficile d'oublier cette misère,
cette armée de fantômes haillonneux errant dans le
soleil, les plateaux calcinés mois après mois, la terre
recroquevillée peu à peu, littéralement torréfiée,
chaque pierre éclatant en poussière sous le pied. Les
moutons mouraient alors par milliers, et quelques
hommes, çà et là, sans qu'on puisse toujours le
savoir.

Devant cette misère, lui qui vivait presque en
moine dans cette école perdue, content d'ailleurs du
peu qu'il avait, et de cette vie rude, s'était senti un
seigneur, avec ses murs crépis, son divan étroit, ses
étagères de bois blanc, son puits, et son ravitaillement hebdomadaire en eau et en nourriture. Et, tout
d'un coup, cette neige, sans avertissement, sans la
détente de la pluie. Le pays était ainsi, cruel à vivre,
même sans les hommes, qui, pourtant, n'arran-
geaient rien. Mais Daru y était né. Partout ailleurs, il
se sentait exilé.

Il sortit et avança sur le terre-plein devant l'école.
Les deux hommes étaient maintenant à mi-pente. Il
reconnut dans le cavalier Balducci, le vieux gen-

darme qu'il connaissait depuis longtemps. Balducci
tenait au bout d'une corde un Arabe qui avançait
derrière lui, les mains liées, le front baissé. Le
gendarme fit un geste de salutation auquel Daru ne
répondit pas, tout entier occupé à regarder l'Arabe
vêtu d'une djellaba autrefois bleue, les pieds dans
des sandales, mais couverts de chaussettes en grosse
laine grège, la tête coiffée d'un chèche étroit et
court. Ils approchaient. Balducci maintenait sa bête
au pas pour ne pas blesser l'Arabe et le groupe
avançait lentement.

A portée de voix, Balducci cria : « Une heure
pour faire les trois kilomètres d'El Ameur ici ! »
Daru ne répondit pas. Court et carré dans son
chandail épais, il les regardait monter. Pas une seule
fois, l'Arabe n'avait levé la tête. « Salut, dit Daru,
quand ils débouchèrent sur le terre-plein. Entrez
vous réchauffer. » Balducci descendit péniblement
de sa bête, sans lâcher la corde. Il sourit à l'instituteur sous ses moustaches hérissées. Ses petits yeux
sombres, très enfoncés sous le front basané, et sa
bouche entourée de rides, lui donnaient un air
attentif et appliqué. Daru prit la bride, conduisit la
bête vers l'appentis, et revint vers les deux hommes
qui l'attendaient maintenant dans l'école. Il les fit
pénétrer dans sa chambre. « Je vais chauffer la salle
de classe, dit-il. Nous y serons plus à l'aise. » Quand
il entra de nouveau dans la chambre, Balducci était
sur le divan. Il avait dénoué la corde qui le liait à
l'Arabe et celui-ci s'était accroupi près du poêle. Les
mains toujours liées, le chèche maintenant poussé en
arrière, il regardait vers la fenêtre. Daru ne vit
d'abord que ses énormes lèvres, pleines, lisses,

presque négroïdes ; le nez cependant était droit, les yeux sombres, pleins de fièvre. Le chèche découvrait un front buté et, sous la peau recuite mais un peu décolorée par le froid, tout le visage avait un air à la fois inquiet et rebelle qui frappa Daru quand l'Arabe, tournant son visage vers lui, le regarda droit dans les yeux. « Passez à côté, dit l'instituteur, je vais vous faire du thé à la menthe. — Merci, dit Balducci. Quelle corvée ! Vivement la retraite. » Et s'adressant en arabe au prisonnier : « Viens, toi. » L'Arabe se leva et, lentement, tenant ses poignets joints devant lui, passa dans l'école.

Avec le thé, Daru apporta une chaise. Mais Balducci trônait déjà sur la première table d'élève et l'Arabe s'était accroupi contre l'estrade du maître, face au poêle qui se trouvait entre le bureau et la fenêtre. Quand il tendit le verre de thé au prisonnier, Daru hésita devant ses mains liées. « On peut le délier, peut-être. — Sûr, dit Balducci. C'était pour le voyage. » Il fit mine de se lever. Mais Daru, posant le verre sur le sol, s'était agenouillé près de l'Arabe. Celui-ci, sans rien dire, le regardait faire de ses yeux fiévreux. Les mains libres, il frotta l'un contre l'autre ses poignets gonflés, prit le verre de thé et aspira le liquide brûlant, à petites gorgées rapides.

— Bon, dit Daru. Et comme ça, où allez-vous ?

Balducci retira sa moustache du thé : « Ici, fils.

— Drôles d'élèves ! Vous couchez ici ?

— Non. Je vais retourner à El Ameur. Et toi, tu livreras le camarade à Tinguit. On l'attend à la commune mixte. »

Balducci regardait Daru avec un petit sourire d'amitié.

— Qu'est-ce que tu racontes, dit l'instituteur. Tu te fous de moi ?

— Non, fils. Ce sont les ordres.

— Les ordres ? Je ne suis pas...

Daru hésita ; il ne voulait pas peiner le vieux Corse.

— Enfin, ce n'est pas mon métier.

— Eh ! Qu'est-ce que ça veut dire ? A la guerre, on fait tous les métiers.

— Alors, j'attendrai la déclaration de guerre !

Balducci approuva de la tête.

— Bon. Mais les ordres sont là et ils te concernent aussi. Ça bouge, paraît-il. On parle de révolte prochaine. Nous sommes mobilisés, dans un sens.

Daru gardait son air buté.

— Écoute, fils, dit Balducci. Je t'aime bien, il faut comprendre. Nous sommes une douzaine à El Ameur pour patrouiller dans le territoire d'un petit département et je dois rentrer. On m'a dit de te confier ce zèbre et de rentrer sans tarder. On ne pouvait pas le garder là-bas. Son village s'agitait, ils voulaient le reprendre. Tu dois le mener à Tinguit dans la journée de demain. Ce n'est pas une vingtaine de kilomètres qui font peur à un costaud comme toi. Après, ce sera fini. Tu retrouveras tes élèves et la bonne vie.

Derrière le mur, on entendit le cheval s'ébrouer et frapper du sabot. Daru regardait par la fenêtre. Le temps se levait décidément, la lumière s'élargissait sur le plateau neigeux. Quand toute la neige serait fondue, le soleil régnerait de nouveau et brûlerait une fois de plus les champs de pierre. Pendant des jours, encore, le ciel inaltérable déverserait sa lumière sèche sur l'étendue solitaire où rien ne rappelait l'homme.

— Enfin, dit-il en se retournant vers Balducci, qu'est-ce qu'il a fait ?

Et il demanda, avant que le gendarme ait ouvert la bouche :

— Il parle français ?

— Non, pas un mot. On le recherchait depuis un mois, mais ils le cachaient. Il a tué son cousin.

— Il est contre nous ?

— Je ne crois pas. Mais on ne peut jamais savoir.

— Pourquoi a-t-il tué ?

— Des affaires de famille, je crois. L'un devait du grain à l'autre, paraît-il. Ça n'est pas clair. Enfin, bref, il a tué le cousin d'un coup de serpe. Tu sais, comme au mouton, zic !...

Balducci fit le geste de passer une lame sur sa gorge et l'Arabe, son attention attirée, le regardait avec une sorte d'inquiétude. Une colère subite vint à Daru contre cet homme, contre tous les hommes et leur sale méchanceté, leurs haines inlassables, leur folie du sang.

Mais la bouilloire chantait sur le poêle. Il resservit du thé à Balducci, hésita, puis servit à nouveau l'Arabe qui, une seconde fois, but avec avidité. Ses bras soulevés entrebâillaient maintenant la djellaba et l'instituteur aperçut sa poitrine maigre et musclée.

— Merci, petit, dit Balducci. Et maintenant, je file.

Il se leva et se dirigea vers l'Arabe, en tirant une cordelette de sa poche.

— Qu'est-ce que tu fais ? demanda sèchement Daru.

Balducci, interdit, lui montra la corde.

— Ce n'est pas la peine.

Le vieux gendarme hésita :

— Comme tu voudras. Naturellement, tu es armé ?

— J'ai mon fusil de chasse.

— Où ?

— Dans la malle.

— Tu devrais l'avoir près de ton lit.

— Pourquoi ? Je n'ai rien à craindre.

— Tu es sonné, fils. S'ils se soulèvent, personne n'est à l'abri, nous sommes tous dans le même sac.

— Je me défendrai. J'ai le temps de les voir arriver.

Balducci se mit à rire, puis la moustache vint soudain recouvrir les dents encore blanches.

— Tu as le temps ? Bon. C'est ce que je disais. Tu as toujours été un peu fêlé. C'est pour ça que je t'aime bien, mon fils était comme ça.

Il tirait en même temps son revolver et le posait sur le bureau.

— Garde-le, je n'ai pas besoin de deux armes d'ici El Ameur.

Le revolver brillait sur la peinture noire de la table. Quand le gendarme se retourna vers lui, l'instituteur sentit son odeur de cuir et de cheval.

— Écoute, Balducci, dit Daru soudainement, tout ça me dégoûte, et ton gars le premier. Mais je ne le livrerai pas. Me battre, oui, s'il le faut. Mais pas ça.

Le vieux gendarme se tenait devant lui et le regardait avec sévérité.

— Tu fais des bêtises, dit-il lentement. Moi non plus, je n'aime pas ça. Mettre une corde à un homme, malgré les années, on ne s'y habitue pas et même, oui, on a honte. Mais on ne peut pas les laisser faire.

— Je ne le livrerai pas, répéta Daru.

— C'est un ordre, fils. Je te le répète.

— C'est ça. Répète-leur ce que je t'ai dit : je ne le livrerai pas.

Balducci faisait un visible effort de réflexion. Il regardait l'Arabe et Daru. Il se décida enfin.

— Non. Je ne leur dirai rien. Si tu veux nous lâcher, à ton aise, je ne te dénoncerai pas. J'ai l'ordre de livrer le prisonnier : je le fais. Tu vas maintenant me signer le papier.

— C'est inutile. Je ne nierai pas que tu me l'as laissé.

— Ne sois pas méchant avec moi. Je sais que tu diras la vérité. Tu es d'ici, tu es un homme. Mais tu dois signer, c'est la règle.

Daru ouvrit son tiroir, tira une petite bouteille carrée d'encre violette, le porte-plume de bois rouge avec la plume *sergent-major* qui lui servait à tracer les modèles d'écriture et il signa. Le gendarme plia soigneusement le papier et le mit dans son porte-feuille. Puis il se dirigea vers la porte.

— Je vais t'accompagner, dit Daru.

— Non, dit Balducci. Ce n'est pas la peine d'être poli. Tu m'as fait un affront.

Il regarda l'Arabe, immobile, à la même place, renifla d'un air chagrin et se détourna vers la porte :

« Adieu, fils », dit-il. La porte battit derrière lui.
Balducci surgit devant la fenêtre puis disparut. Ses
pas étaient étouffés par la neige. Le cheval s'agita
derrière la cloison, des poules s'effarèrent. Un
moment après, Balducci repassa devant la fenêtre
tirant le cheval par la bride. Il avançait vers le
raidillon sans se retourner, disparut le premier et le
cheval le suivit. On entendit une grosse pierre rouler
mollement. Daru revint vers le prisonnier qui n'avait
pas bougé, mais ne le quittait pas des yeux.
« Attends », dit l'instituteur en arabe, et il se dirigea
vers la chambre. Au moment de passer le seuil, il se
ravisa, alla au bureau, prit le revolver et le fourra
dans sa poche. Puis, sans se retourner, il entra dans
sa chambre.

Longtemps, il resta étendu sur son divan à regarder le ciel se fermer peu à peu, à écouter le silence.
C'était ce silence qui lui avait paru pénible les
premiers jours de son arrivée, après la guerre. Il
avait demandé un poste dans la petite ville au pied
des contreforts qui séparent du désert les hauts
plateaux. Là, des murailles rocheuses, vertes et
noires au nord, roses ou mauves au sud, marquaient
la frontière de l'éternel été. On l'avait nommé à un
poste plus au nord, sur le plateau même. Au début,
la solitude et le silence lui avaient été durs sur ces
terres ingrates, habitées seulement par des pierres.
Parfois, des sillons faisaient croire à des cultures,
mais ils avaient été creusés pour mettre au jour une
certaine pierre, propice à la construction. On ne
labourait ici que pour récolter des cailloux. D'autres
fois, on grattait quelques copeaux de terre, accumu-
lée dans des creux, dont on engraisserait les maigres

jardins des villages. C'était ainsi, le caillou seul couvrait les trois quarts de ce pays. Les villes y naissaient, brillaient, puis disparaissaient ; les hommes y passaient, s'aimaient ou se mordaient à la gorge, puis mouraient. Dans ce désert, personne, ni lui ni son hôte n'étaient rien. Et pourtant, hors de ce désert, ni l'un ni l'autre, Daru le savait, n'auraient pu vivre vraiment.

Quand il se leva, aucun bruit ne venait de la salle de classe. Il s'étonna de cette joie franche qui lui venait à la seule pensée que l'Arabe avait pu fuir et qu'il allait se retrouver seul sans avoir rien à décider. Mais le prisonnier était là. Il s'était seulement couché de tout son long entre le poêle et le bureau. Les yeux ouverts, il regardait le plafond. Dans cette position, on voyait surtout ses lèvres épaisses qui lui donnaient un air boudeur. « Viens », dit Daru. L'Arabe se leva et le suivit. Dans la chambre, l'instituteur lui montra une chaise près de la table, sous la fenêtre. L'Arabe prit place sans cesser de regarder Daru.

— Tu as faim ?
— Oui, dit le prisonnier.

Daru installa deux couverts. Il prit de la farine et de l'huile, pétrit dans un plat une galette et alluma le petit fourneau à butagaz. Pendant que la galette cuisait, il sortit pour ramener de l'appentis du fromage, des œufs, des dattes et du lait condensé. Quand la galette fut cuite, il la mit à refroidir sur le rebord de la fenêtre, fit chauffer du lait condensé étendu d'eau et, pour finir, battit les œufs en omelette. Dans un de ses mouvements, il heurta le revolver enfoncé dans sa poche droite. Il posa le bol,

passa dans la salle de classe et mit le revolver dans le
tiroir de son bureau. Quand il revint dans la
chambre, la nuit tombait. Il donna de la lumière et
servit l'Arabe : « Mange », dit-il. L'autre prit un
morceau de galette, le porta vivement à sa bouche et
s'arrêta.

— Et toi ? dit-il.

— Après toi. Je mangerai aussi.

Les grosses lèvres s'ouvrirent un peu, l'Arabe
hésita, puis il mordit résolument dans la galette.

Le repas fini, l'Arabe regardait l'instituteur.

— C'est toi le juge ?

— Non, je te garde jusqu'à demain.

— Pourquoi tu manges avec moi ?

— J'ai faim.

L'autre se tut. Daru se leva et sortit. Il ramena un
lit de camp de l'appentis, l'étendit entre la table et le
poêle, perpendiculairement à son propre lit. D'une
grande valise qui, debout dans un coin, servait
d'étagère à dossiers, il tira deux couvertures qu'il
disposa sur le lit de camp. Puis il s'arrêta, se sentit
oisif, s'assit sur son lit. Il n'y avait plus rien à faire ni
à préparer. Il fallait regarder cet homme. Il le
regardait donc, essayant d'imaginer ce visage
emporté de fureur. Il n'y parvenait pas. Il voyait
seulement le regard à la fois sombre et brillant, et la
bouche animale.

— Pourquoi tu l'as tué ? dit-il d'une voix dont
l'hostilité le surprit.

L'Arabe détourna son regard.

— Il s'est sauvé. J'ai couru derrière lui.

Il releva les yeux sur Daru et ils étaient pleins
d'une sorte d'interrogation malheureuse.

— Maintenant, qu'est-ce qu'on va me faire ?

— Tu as peur ?

L'autre se raidit, en détournant les yeux.

— Tu regrettes ?

L'Arabe le regarda, bouche ouverte. Visiblement, il ne comprenait pas. L'irritation gagnait Daru. En même temps, il se sentait gauche et emprunté dans son gros corps, coincé entre les deux lits.

— Couche-toi là, dit-il avec impatience. C'est ton lit.

L'Arabe ne bougeait pas. Il appela Daru :

— Dis !

L'instituteur le regarda.

— Le gendarme revient demain ?

— Je ne sais pas.

— Tu viens avec nous ?

— Je ne sais pas. Pourquoi ?

Le prisonnier se leva et s'étendit à même les couvertures, les pieds vers la fenêtre. La lumière de l'ampoule électrique lui tombait droit dans les yeux qu'il ferma aussitôt.

— Pourquoi ? répéta Daru, planté devant le lit.

L'Arabe ouvrit les yeux sous la lumière aveuglante et le regarda en s'efforçant de ne pas battre les paupières.

— Viens avec nous, dit-il.

Au milieu de la nuit, Daru ne dormait toujours pas. Il s'était mis au lit après s'être complètement déshabillé : il couchait nu habituellement. Mais quand il se trouva sans vêtements dans la chambre, il hésita. Il se sentait vulnérable, la tentation lui vint de se rhabiller. Puis il haussa les épaules ; il en avait vu d'autres et, s'il le fallait, il casserait en deux son

adversaire. De son lit, il pouvait l'observer, étendu
sur le dos, toujours immobile et les yeux fermés sous
la lumière violente. Quand Daru éteignit, les ténèbres semblèrent se congeler d'un coup. Peu à peu, la
nuit redevint vivante dans la fenêtre où le ciel sans
étoiles remuait doucement. L'instituteur distingua
bientôt le corps étendu devant lui. L'Arabe ne
bougeait toujours pas, mais ses yeux semblaient
ouverts. Un léger vent rôdait autour de l'école. Il
chasserait peut-être les nuages et le soleil reviendrait.

Dans la nuit, le vent grandit. Les poules s'agitè-
rent un peu, puis se turent. L'Arabe se retourna sur
le côté, présentant le dos à Daru et celui-ci crut
l'entendre gémir. Il guetta ensuite sa respiration,
devenue plus forte et plus régulière. Il écoutait ce
souffle si proche et rêvait sans pouvoir s'endormir.
Dans la chambre où, depuis un an, il dormait seul,
cette présence le gênait. Mais elle le gênait aussi
parce qu'elle lui imposait une sorte de fraternité
qu'il refusait dans les circonstances présentes et qu'il
connaissait bien : les hommes, qui partagent les
mêmes chambres, soldats ou prisonniers, contrac-
tent un lien étrange comme si, leurs armures quittées
avec les vêtements, ils se rejoignaient chaque soir,
par-dessus leurs différences, dans la vieille commu-
nauté du songe et de la fatigue. Mais Daru se
secouait, il n'aimait pas ces bêtises, il fallait dormir.

Un peu plus tard pourtant, quand l'Arabe bougea
imperceptiblement, l'instituteur ne dormait toujours
pas. Au deuxième mouvement du prisonnier, il se
raidit, en alerte. L'Arabe se soulevait lentement sur
les bras, d'un mouvement presque somnambulique.

Assis sur le lit, il attendit, immobile, sans tourner la tête vers Daru, comme s'il écoutait de toute son attention. Daru ne bougea pas : il venait de penser que le revolver était resté dans le tiroir de son bureau. Il valait mieux agir tout de suite. Il continua cependant d'observer le prisonnier qui, du même mouvement huilé, posait ses pieds sur le sol, attendait encore, puis commençait à se dresser lentement. Daru allait l'interpeller quand l'Arabe se mit en marche, d'une allure naturelle cette fois, mais extraordinairement silencieuse. Il allait vers la porte du fond qui donnait sur l'appentis. Il fit jouer le loquet avec précaution et sortit en repoussant la porte derrière lui, sans la refermer. Daru n'avait pas bougé : « Il fuit, pensait-il seulement. Bon débarras ! » Il tendit pourtant l'oreille. Les poules ne bougeaient pas : l'autre était donc sur le plateau. Un faible bruit d'eau lui parvint alors dont il ne comprit ce qu'il était qu'au moment où l'Arabe s'encastra de nouveau dans la porte, la referma avec soin, et vint se recoucher sans un bruit. Alors Daru lui tourna le dos et s'endormit. Plus tard encore, il lui sembla entendre, du fond de son sommeil, des pas furtifs autour de l'école. « Je rêve, je rêve ! » se répétait-il. Et il dormait.

Quand il se réveilla, le ciel était découvert ; par la fenêtre mal jointe entrait un air froid et pur. L'Arabe dormait, recroquevillé maintenant sous les couvertures, la bouche ouverte, totalement abandonné. Mais quand Daru le secoua, il eut un sursaut terrible, regardant Daru sans le reconnaître avec des yeux fous et une expression si apeurée que l'instituteur fit un pas en arrière. « N'aie pas peur. C'est moi. Il faut manger. » L'Arabe secoua la tête et dit oui. Le calme était revenu sur son visage, mais son expression restait absente et distraite.

Le café était prêt. Ils le burent, assis tous deux sur le lit de camp, en mordant leurs morceaux de galette. Puis Daru mena l'Arabe sous l'appentis et lui montra le robinet où il faisait sa toilette. Il rentra dans la chambre, plia les couvertures et le lit de camp, fit son propre lit et mit la pièce en ordre. Il sortit alors sur le terre-plein en passant par l'école. Le soleil montait déjà dans le ciel bleu ; une lumière tendre et vive inondait le plateau désert. Sur le raidillon, la neige fondait par endroits. Les pierres allaient apparaître de nouveau. Accroupi au bord du plateau, l'instituteur contemplait l'étendue déserte. Il pensait à Balducci. Il lui avait fait de la peine, il l'avait renvoyé, d'une certaine manière, comme s'il ne voulait pas être dans le même sac. Il entendait encore l'adieu du gendarme et, sans savoir pourquoi, il se sentait étrangement vide et vulnérable. A ce moment, de l'autre côté de l'école, le prisonnier toussa. Daru l'écouta, presque malgré lui, puis, furieux, jeta un caillou qui siffla dans l'air avant de s'enfoncer dans la neige. Le crime imbécile de cet homme le révoltait, mais le livrer était contraire à l'honneur : d'y penser seulement le rendait fou d'humiliation. Et il maudissait à la fois les siens qui lui envoyaient cet Arabe et celui-ci qui avait osé tuer et n'avait pas su s'enfuir. Daru se leva, tourna en rond sur le terre-plein, attendit, immobile, puis entra dans l'école.

L'Arabe, penché sur le sol cimenté de l'appentis, se lavait les dents avec deux doigts. Daru le regarda,

puis : « Viens », dit-il. Il rentra dans la chambre,
devant le prisonnier. Il enfila une veste de chasse sur
son chandail et chaussa des souliers de marche. Il
attendit debout que l'Arabe eût remis son chèche et
ses sandales. Ils passèrent dans l'école et l'instituteur
montra la sortie à son compagnon. « Va », dit-il.
L'autre ne bougea pas. « Je viens », dit Daru.
L'Arabe sortit. Daru rentra dans la chambre et fit un
paquet avec des biscottes, des dattes et du sucre.
Dans la salle de classe, avant de sortir, il hésita une
seconde devant son bureau, puis il franchit le seuil
de l'école et boucla la porte. « C'est par là », dit-il. Il
prit la direction de l'est, suivi par le prisonnier.
Mais, à une faible distance de l'école, il lui sembla
entendre un léger bruit derrière lui. Il revint sur ses
pas, inspecta les alentours de la maison : il n'y avait
personne. L'Arabe le regardait faire, sans paraître
comprendre. « Allons », dit Daru.

Ils marchèrent une heure et se reposèrent auprès
d'une sorte d'aiguille calcaire. La neige fondait de
plus en plus vite, le soleil pompait aussitôt les
flaques, nettoyait à toute allure le plateau qui, peu à
peu, devenait sec et vibrait comme l'air lui-même.
Quand ils reprirent la route, le sol résonnait sous
leurs pas. De loin en loin, un oiseau fendait l'espace
devant eux avec un cri joyeux. Daru buvait, à
profondes aspirations, la lumière fraîche. Une sorte
d'exaltation naissait en lui devant le grand espace
familier, presque entièrement jaune maintenant,
sous sa calotte de ciel bleu. Ils marchèrent encore
une heure, en descendant vers le sud. Ils arrivèrent à
une sorte d'éminence aplatie, faite de rochers friables. A partir de là, le plateau dévalait, à l'est, vers

une plaine basse où l'on pouvait distinguer quelques arbres maigres et, au sud, vers des amas rocheux qui donnaient au paysage un aspect tourmenté.

Daru inspecta les deux directions. Il n'y avait que le ciel à l'horizon, pas un homme ne se montrait. Il se tourna vers l'Arabe, qui le regardait sans comprendre. Daru lui tendit un paquet : « Prends, dit-il. Ce sont des dattes, du pain, du sucre. Tu peux tenir deux jours. Voilà mille francs aussi. » L'Arabe prit le paquet et l'argent, mais il gardait ses mains pleines à hauteur de la poitrine, comme s'il ne savait que faire de ce qu'on lui donnait. « Regarde maintenant, dit l'instituteur, et il lui montrait la direction de l'est, voilà la route de Tinguit. Tu as deux heures de marche. A Tinguit, il y a l'administration et la police. Ils t'attendent. » L'Arabe regardait vers l'est, retenant toujours contre lui le paquet et l'argent. Daru lui prit le bras et lui fit faire, sans douceur, un quart de tour vers le sud. Au pied de la hauteur où ils se trouvaient, on devinait un chemin à peine dessiné. « Ça, c'est la piste qui traverse le plateau. A un jour de marche d'ici, tu trouveras les pâturages et les premiers nomades. Ils t'accueille-ront et t'abriteront, selon leur loi. » L'Arabe s'était retourné maintenant vers Daru et une sorte de panique se levait sur son visage : « Écoute », dit-il. Daru secoua la tête : « Non, tais-toi. Maintenant, je te laisse. » Il lui tourna le dos, fit deux grands pas dans la direction de l'école, regarda d'un air indécis l'Arabe immobile et repartit. Pendant quelques minutes, il n'entendit plus que son propre pas, sonore sur la terre froide, et il ne détourna pas la tête. Au bout d'un moment, pourtant, il se retourna.

L'Arabe était toujours là, au bord de la colline, les bras pendants maintenant, et il regardait l'instituteur. Daru sentit sa gorge se nouer. Mais il jura d'impatience, fit un grand signe, et repartit. Il était déjà loin quand il s'arrêta de nouveau et regarda. Il n'y avait plus personne sur la colline.

Daru hésita. Le soleil était maintenant assez haut dans le ciel et commençait de lui dévorer le front. L'instituteur revint sur ses pas, d'abord un peu incertain, puis avec décision. Quand il parvint à la petite colline, il ruisselait de sueur. Il la gravit à toute allure et s'arrêta, essoufflé, sur le sommet. Les champs de roche, au sud, se dessinaient nettement sur le ciel bleu, mais sur la plaine, à l'est, une buée de chaleur montait déjà. Et dans cette brume légère, Daru, le cœur serré, découvrit l'Arabe qui cheminait lentement sur la route de la prison.

Un peu plus tard, planté devant la fenêtre de la salle de classe, l'instituteur regardait sans la voir la jeune lumière bondir des hauteurs du ciel sur toute la surface du plateau. Derrière lui, sur le tableau noir, entre les méandres des fleuves français s'étalait, tracée à la craie par une main malhabile, l'inscription qu'il venait de lire : « Tu as livré notre frère. Tu paieras. » Daru regardait le ciel, le plateau et, au-delà, les terres invisibles qui s'étendaient jusqu'à la mer. Dans ce vaste pays qu'il avait tant aimé, il était seul.

Jonas
ou l'artiste au travail

> *Jetez-moi dans la mer.., car je sais que
> c'est moi qui attire sur vous cette grande
> tempête.*
>
> JONAS, I, 12.

Gilbert Jonas, artiste peintre, croyait en son étoile. Il ne croyait d'ailleurs qu'en elle, bien qu'il se sentît du respect, et même une sorte d'admiration, devant la religion des autres. Sa propre foi, pourtant, n'était pas sans vertus, puisqu'elle consistait à admettre, de façon obscure, qu'il obtiendrait beaucoup sans jamais rien mériter. Aussi, lorsque, aux environs de sa trente-cinquième année, une dizaine de critiques se disputèrent soudain la gloire d'avoir découvert son talent, il n'en montra point de surprise. Mais sa sérénité, attribuée par certains à la suffisance, s'expliquait très bien, au contraire, par une confiante modestie. Jonas rendait justice à son étoile plutôt qu'à ses mérites.

Il se montra un peu plus étonné lorsqu'un marchand de tableaux lui proposa une mensualité qui le délivrait de tout souci. En vain, l'architecte Rateau, qui depuis le lycée aimait Jonas et son étoile, lui représenta-t-il que cette mensualité lui donnerait une vie à peine décente et que le marchand n'y perdrait rien. « Tout de même », disait Jonas. Rateau, qui réussissait, mais à la force du poignet, dans tout ce qu'il entreprenait, gourmandait son ami. « Quoi, tout de même ? Il faut discuter. » Rien n'y fit. Jonas en lui-même remerciait son étoile. « Ce sera comme vous voudrez », dit-il au marchand. Et il abandonna les fonctions qu'il occupait dans la maison d'édition paternelle, pour se consacrer tout entier à la peinture. « Ça, disait-il, c'est une chance ! »

Il pensait en réalité : « C'est une chance qui continue. » Aussi loin qu'il pût remonter dans sa mémoire, il trouvait cette chance à l'œuvre. Il nourrissait ainsi une tendre reconnaissance à l'endroit de ses parents, d'abord parce qu'ils l'avaient élevé distraitement, ce qui lui avait fourni le loisir de la rêverie, ensuite parce qu'ils s'étaient séparés, pour raison d'adultère. C'était du moins le prétexte invoqué par son père qui oubliait de préciser qu'il s'agissait d'un adultère assez particulier : il ne pouvait supporter les bonnes œuvres de sa femme, véritable sainte laïque, qui, sans y voir malice, avait fait le don de sa personne à l'humanité souffrante. Mais le mari prétendait disposer en maître des vertus de sa femme. « J'en ai assez, disait cet Othello, d'être trompé avec les pauvres. »

Ce malentendu fut profitable à Jonas. Ses parents, ayant lu, ou appris, qu'on pouvait citer plusieurs cas de meurtriers sadiques issus de parents divorcés, rivalisèrent de gâteries pour étouffer dans l'œuf les

germes d'une aussi fâcheuse évolution. Moins appa-
rents étaient les effets du choc subi, selon eux, par la
conscience de l'enfant, et plus ils s'en inquiétaient :
les ravages invisibles devaient être les plus profonds.
Pour peu que Jonas se déclarât content de lui ou de
sa journée, l'inquiétude ordinaire de ses parents
touchait à l'affolement. Leurs attentions redou-
blaient et l'enfant n'avait alors plus rien à désirer.

Son malheur supposé valut enfin à Jonas un frère
dévoué en la personne de son ami Rateau. Les
parents de ce dernier invitaient souvent son petit
camarade de lycée parce qu'ils plaignaient son
infortune. Leurs discours apitoyés inspirèrent à leur
fils, vigoureux et sportif, le désir de prendre sous sa
protection l'enfant dont il admirait déjà les réussites
nonchalantes. L'admiration et la condescendance
firent un bon mélange pour une amitié que Jonas
reçut, comme le reste, avec une simplicité encoura-
geante.

Quand Jonas eut terminé, sans effort particulier,
ses études, il eut encore la chance d'entrer dans la
maison d'édition de son père pour y trouver une
situation et, par des voies indirectes, sa vocation de
peintre. Premier éditeur de France, le père de Jonas
était d'avis que le livre, plus que jamais, et en raison
même de la crise de la culture, était l'avenir.
« L'histoire montre, disait-il, que moins on lit et plus
on achète de livres. » Partant, il ne lisait que
rarement les manuscrits qu'on lui soumettait, ne se
décidait à les publier que sur la personnalité de
l'auteur ou l'actualité de son sujet (de ce point de
vue, le seul sujet toujours actuel étant le sexe,
l'éditeur avait fini par se spécialiser) et s'occupait

seulement de trouver des présentations curieuses et de la publicité gratuite. Jonas reçut donc, en même temps que le département des lectures, de nombreux loisirs dont il fallut trouver l'emploi. C'est ainsi qu'il rencontra la peinture.

Pour la première fois, il se découvrit une ardeur imprévue, mais inlassable, consacra bientôt ses journées à peindre et, toujours sans effort, excella dans cet exercice. Rien d'autre ne semblait l'intéresser et c'est à peine s'il put se marier à l'âge convenable : la peinture le dévorait tout entier. Aux êtres et aux circonstances ordinaires de la vie, il ne réservait qu'un sourire bienveillant qui le dispensait d'en prendre souci. Il fallut un accident de la motocyclette que Rateau conduisait trop vigoureusement, son ami en croupe, pour que Jonas, la main droite enfin immobilisée dans un bandage, et s'ennuyant, pût s'intéresser à l'amour. Là encore, il fut porté à voir dans ce grave accident les bons effets de son étoile. Sans lui, il n'eût pas pris le temps de regarder Louise Poulin comme elle le méritait.

Selon Rateau, d'ailleurs, Louise ne méritait pas d'être regardée. Petit et râblé lui-même, il n'aimait que les grandes femmes. « Je ne sais pas ce que tu trouves à cette fourmi », disait-il. Louise était en effet petite, noire de peau, de poil et d'œil, mais bien faite, et de jolie mine. Jonas, grand et solide, s'attendrissait sur la fourmi, d'autant plus qu'elle était industrieuse. La vocation de Louise était l'activité. Une telle vocation s'accordait heureusement au goût de Jonas pour l'inertie, et pour ses avantages. Louise se dévoua d'abord à la littérature, tant qu'elle crut du moins que l'édition intéressait Jonas.

Elle lisait tout, sans ordre, et devint, en peu de semaines, capable de parler de tout. Jonas l'admira et se jugea définitivement dispensé de lectures puisque Louise le renseignait assez, et lui permettait de connaître l'essentiel des découvertes contemporaines. « Il ne faut plus dire, affirmait Louise, qu'un tel est méchant ou laid, mais qu'il se veut méchant ou laid. » La nuance était importante et risquait de mener au moins, comme le fit remarquer Rateau, à la condamnation du genre humain. Mais Louise trancha en montrant que cette vérité étant à la fois soutenue par la presse du cœur et les revues philosophiques, elle était universelle et ne pouvait être discutée. « Ce sera comme vous voudrez », dit Jonas, qui oublia aussitôt cette cruelle découverte pour rêver à son étoile.

Louise déserta la littérature dès qu'elle comprit que Jonas ne s'intéressait qu'à la peinture. Elle se dévoua aussitôt aux arts plastiques, courut musées et expositions, y traîna Jonas qui comprenait mal ce que peignaient ses contemporains et s'en trouvait gêné dans sa simplicité d'artiste. Il se réjouissait cependant d'être si bien renseigné sur tout ce qui touchait à son art. Il est vrai que le lendemain, il perdait jusqu'au nom du peintre dont il venait de voir les œuvres. Mais Louise avait raison lorsqu'elle lui rappelait péremptoirement une des certitudes qu'elle avait gardées de sa période littéraire, à savoir qu'en réalité on n'oubliait jamais rien. L'étoile décidément protégeait Jonas qui pouvait ainsi cumuler sans mauvaise conscience les certitudes de la mémoire et les commodités de l'oubli.

Mais les trésors de dévouement que prodiguait

Louise étincelaient de leurs plus beaux feux dans la vie quotidienne de Jonas. Ce bon ange lui évitait les achats de chaussures, de vêtements et de linge qui abrègent, pour tout homme normal, les jours d'une vie déjà si courte. Elle prenait à charge, résolument, les mille inventions de la machine à tuer le temps, depuis les imprimés obscurs de la sécurité sociale jusqu'aux dispositions sans cesse renouvelées de la fiscalité. « Oui, disait Rateau, c'est entendu. Mais elle ne peut aller chez le dentiste à ta place. » Elle n'y allait pas, mais elle téléphonait et prenait les rendez-vous, aux meilleures heures ; elle s'occupait des vidanges de la 4 CV, des locations dans les hôtels de vacances, du charbon domestique ; elle achetait elle-même les cadeaux que Jonas désirait offrir, choisissait et expédiait ses fleurs et trouvait encore le temps, certains soirs, de passer chez lui, en son absence, pour préparer le lit qu'il n'aurait pas besoin cette nuit-là d'ouvrir avant de se coucher.

Du même élan, aussi bien, elle entra dans ce lit, puis s'occupa du rendez-vous avec le maire, y mena Jonas deux ans avant que son talent fût enfin reconnu et organisa le voyage de noces de manière que tous les musées fussent visités. Non sans avoir trouvé, auparavant, en pleine crise du logement, un appartement de trois pièces où ils s'installèrent, au retour. Elle fabriqua ensuite, presque coup sur coup, deux enfants, garçon et fille, selon son plan qui était d'aller jusqu'à trois et qui fut rempli peu après que Jonas eut quitté la maison d'édition pour se consacrer à la peinture.

Dès qu'elle eut accouché, d'ailleurs, Louise ne se dévoua plus qu'à son, puis ses enfants. Elle essayait encore d'aider son mari mais le temps lui manquait. Sans doute, elle regrettait de négliger Jonas, mais son caractère décidé l'empêchait de s'attarder à ces regrets. « Tant pis, disait-elle, chacun son établi. » Expression dont Jonas se déclarait d'ailleurs enchanté, car il désirait, comme tous les artistes de son époque, passer pour un artisan. L'artisan fut donc un peu négligé et dut acheter ses souliers lui-même. Cependant, outre que cela était dans la nature des choses, Jonas fut encore tenté de s'en féliciter. Sans doute, il devait faire effort pour visiter les magasins, mais cet effort était récompensé par l'une de ces heures de solitude qui donne tant de prix au bonheur des couples.

Le problème de l'espace vital l'emportait de loin, pourtant, sur les autres problèmes du ménage, car le temps et l'espace se rétrécissaient du même mouvement, autour d'eux. La naissance des enfants, le nouveau métier de Jonas, leur installation étroite, et la modestie de la mensualité qui interdisait d'acheter un plus grand appartement, ne laissaient qu'un champ restreint à la double activité de Louise et de Jonas. L'appartement se trouvait au premier étage d'un ancien hôtel du xviiie siècle, dans le vieux quartier de la capitale. Beaucoup d'artistes logeaient dans cet arrondissement, fidèles au principe qu'en art la recherche du neuf doit se faire dans un cadre ancien. Jonas, qui partageait cette conviction, se réjouissait beaucoup de vivre dans ce quartier.

Pour ancien, en tout cas, son appartement l'était. Mais quelques arrangements très modernes lui avaient donné un air original qui tenait principalement à ce qu'il offrait à ses hôtes un grand volume

d'air alors qu'il n'occupait qu'une surface réduite.
Les pièces, particulièrement hautes, et ornées de
superbes fenêtres, avaient été certainement desti-
nées, si on en jugeait par leurs majestueuses propor-
tions, à la réception et à l'apparat. Mais les nécessi-
tés de l'entassement urbain et de la rente immobilière avaient contraint les propriétaires successifs à
couper par des cloisons ces pièces trop vastes, et à
multiplier par ce moyen les stalles qu'ils louaient au
prix fort à leur troupeau de locataires. Ils n'en
faisaient pas moins valoir ce qu'ils appelaient « l'im-
portant cubage d'air ». Cet avantage n'était pas
niable. Il fallait seulement l'attribuer à l'impossibi-
lité où s'étaient trouvés les propriétaires de cloison-
ner aussi les pièces dans leur hauteur. Sans quoi, ils
n'eussent pas hésité à faire les sacrifices nécessaires
pour offrir quelques refuges de plus à la génération
montante, particulièrement marieuse et prolifique à
cette époque. Le cubage d'air ne présentait pas,
d'ailleurs, que des avantages. Il offrait l'inconvénient de rendre les pièces difficiles à chauffer en
hiver, ce qui obligeait malheureusement les propriétaires à majorer l'indemnité de chauffage. En été, à
cause de la vaste surface vitrée, l'appartement était
littéralement violé par la lumière : il n'y avait pas de
persiennes. Les propriétaires avaient négligé d'en
placer, découragés sans doute par la hauteur des
fenêtres et le prix de la menuiserie. D'épais rideaux,
après tout, pouvaient jouer le même rôle et ne
posaient aucun problème quant au prix de revient,
puisqu'ils étaient à la charge des locataires. Les
propriétaires, au demeurant, ne refusaient pas d'aider ces derniers et leur offraient à des prix imbatta-

bles des rideaux venus de leurs propres magasins. La philanthropie immobilière était en effet leur violon d'Ingres. Dans l'ordinaire de la vie, ces nouveaux princes vendaient de la percale et du velours.

Jonas s'était extasié sur les avantages de l'appartement et en avait admis sans peine les inconvénients. « Ce sera comme vous voudrez », dit-il au propriétaire pour l'indemnité de chauffage. Quant aux rideaux, il approuvait Louise qui trouvait suffisant de garnir la seule chambre à coucher et de laisser les autres fenêtres nues. « Nous n'avons rien à cacher », disait ce cœur pur. Jonas avait été particulièrement séduit par la plus grande pièce dont le plafond était si haut qu'il ne pouvait être question d'y installer un système d'éclairage. On entrait de plain-pied dans cette pièce qu'un étroit couloir reliait aux deux autres, beaucoup plus petites, et placées en enfilade. Au bout de l'appartement, la cuisine voisinait avec les commodités et un réduit décoré du nom de salle de douches. Il pouvait en effet passer pour tel à la condition d'y installer un appareil, de le placer dans le sens vertical, et de consentir à recevoir le jet bienfaisant dans une immobilité absolue.

La hauteur vraiment extraordinaire des plafonds, et l'exiguïté des pièces, faisaient de cet appartement un étrange assemblage de parallélépipèdes presque entièrement vitrés, tout en portes et en fenêtres, où les meubles ne pouvaient trouver d'appui et où les êtres, perdus dans la lumière blanche et violente, semblaient flotter comme des ludions dans un aquarium vertical. De plus, toutes les fenêtres donnaient sur la cour, c'est-à-dire, à peu de distance, sur d'autres fenêtres du même style derrière lesquelles

on apercevait presque aussitôt le haut dessin de
nouvelles fenêtres donnant sur une deuxième cour.
« C'est le cabinet des glaces », disait Jonas ravi. Sur
le conseil de Rateau, on avait décidé de placer la
chambre conjugale dans l'une des petites pièces,
l'autre devant abriter l'enfant qui s'annonçait déjà.
La grande pièce servait d'atelier à Jonas pendant la
journée, de pièce commune le soir et à l'heure des
repas. On pouvait d'ailleurs, à la rigueur, manger
dans la cuisine, pourvu que Jonas, ou Louise, voulût
bien se tenir debout. Rateau, de son côté, avait
multiplié les installations ingénieuses. A force de
portes roulantes, de tablettes escamotables et de
tables pliantes, il était parvenu à compenser la rareté
des meubles, en accentuant l'air de boîte à surprises
de cet original appartement.

Mais quand les pièces furent pleines de tableaux et
d'enfants, il fallut songer sans tarder à une nouvelle
installation. Avant la naissance du troisième enfant,
en effet, Jonas travaillait dans la grande pièce,
Louise tricotait dans la chambre conjugale, tandis
que les deux petits occupaient la dernière chambre,
y menaient grand train, et roulaient aussi, comme ils
le pouvaient, dans tout l'appartement. On décida
alors d'installer le nouveau-né dans un coin de
l'atelier que Jonas isola en superposant ses toiles à la
manière d'un paravent, ce qui offrait l'avantage
d'avoir l'enfant à la portée de l'oreille et de pouvoir
ainsi répondre à ses appels. Jonas d'ailleurs n'avait
jamais besoin de se déranger, Louise le prévenait.
Elle n'attendait pas que l'enfant criât pour entrer
dans l'atelier, quoique avec mille précautions, et
toujours sur la pointe des pieds. Jonas, attendri par

cette discrétion, assura un jour Louise qu'il n'était
pas si sensible et qu'il pouvait très bien travailler sur
le bruit de ses pas. Louise répondit qu'il s'agissait
aussi de ne pas réveiller l'enfant. Jonas, plein
d'admiration pour le cœur maternel qu'elle découvrait ainsi, rit de bon cœur de sa méprise. Du coup, il
n'osa pas avouer que les interventions prudentes de
Louise était plus gênantes qu'une franche irruption.
D'abord parce qu'elles duraient plus longtemps,
ensuite parce qu'elles s'exécutaient selon une mimi-
que où Louise, les bras largement écartés, le torse
un peu renversé en arrière, et la jambe lancée très
haut devant elle, ne pouvait passer inaperçue. Cette
méthode allait même contre ses intentions avouées,
puisque Louise risquait à tout moment d'accrocher
quelqu'une des toiles dont l'atelier était encombré.
Le bruit réveillait alors l'enfant qui manifestait son
mécontentement selon ses moyens, du reste assez
puissants. Le père, enchanté des capacités pulmo-
naires de son fils, courait le dorloter, bientôt relayé
par sa femme. Jonas relevait alors ses toiles, puis,
pinceaux en main, écoutait, charmé, la voix insis-
tante et souveraine de son fils.

Ce fut le moment aussi où le succès de Jonas lui
valut beaucoup d'amis. Ces amis se manifestaient au
téléphone, ou à l'occasion de visites impromptues.
Le téléphone qui, tout bien pesé, avait été placé
dans l'atelier, résonnait souvent, toujours au préju-
dice du sommeil de l'enfant qui mêlait ses cris à la
sonnerie impérative de l'appareil. Si, d'aventure,
Louise était en train de soigner les autres enfants,
elle s'efforçait d'accourir avec eux, mais la plupart
du temps, elle trouvait Jonas tenant l'enfant d'une

main et, de l'autre, les pinceaux avec le récepteur du
téléphone qui lui transmettait une invitation affectueuse à déjeuner. Jonas s'émerveillait qu'on voulût
bien déjeuner avec lui, dont la conversation était
banale, mais préférait les sorties du soir afin de
garder intacte sa journée de travail. La plupart du
temps, malheureusement, l'ami n'avait que le déjeuner, et ce déjeuner-ci, de libre ; il tenait absolument
à le réserver au cher Jonas. Le cher Jonas acceptait :
« Comme vous voudrez ! », raccrochait : « Est-il
gentil celui-là ! », et rendait l'enfant à Louise. Puis il
reprenait son travail, bientôt interrompu par le
déjeuner ou le dîner. Il fallait écarter les toiles,
déplier la table perfectionnée, et s'installer avec les
petits. Pendant le repas, Jonas gardait un œil sur le
tableau en train, et il lui arrivait, au début du moins,
de trouver ses enfants un peu lents à mastiquer et à
déglutir, ce qui donnait à chaque repas une longueur
excessive. Mais il lut dans son journal qu'il fallait
manger avec lenteur pour bien assimiler, et trouva
dès lors dans chaque repas des raisons de se réjouir
longuement.

D'autres fois, ses nouveaux amis lui faisaient
visite. Rateau, lui, ne venait qu'après dîner. Il était à
son bureau dans la journée, et puis, il savait que les
peintres travaillent à la lumière du jour. Mais les
nouveaux amis de Jonas appartenaient presque tous
à l'espèce artiste ou critique. Les uns avaient peint,
d'autres allaient peindre, et les derniers enfin s'occupaient de ce qui avait été peint ou le serait. Tous,
certainement, plaçaient très haut les travaux de l'art,
et se plaignaient de l'organisation du monde
moderne qui rend si difficile la poursuite desdits

travaux et l'exercice, indispensable à l'artiste, de la méditation. Ils s'en plaignaient des après-midi durant, suppliant Jonas de continuer à travailler, de faire comme s'ils n'étaient pas là, et d'en user librement avec eux qui n'étaient pas bourgeois et savaient ce que valait le temps d'un artiste. Jonas, content d'avoir des amis capables d'admettre qu'on pût travailler en leur présence, retournait à son tableau sans cesser de répondre aux questions qu'on lui posait, ou de rire aux anecdotes qu'on lui contait.

Tant de naturel mettait ses amis de plus en plus à l'aise. Leur bonne humeur était si réelle qu'ils en oubliaient l'heure du repas. Les enfants, eux, avaient meilleure mémoire. Ils accouraient, se mêlaient à la société, hurlaient, étaient pris en charge par les visiteurs, sautaient de genoux en genoux. La lumière déclinait enfin sur le carré du ciel dessiné par la cour, Jonas posait ses pinceaux. Il ne restait qu'à inviter les amis, à la fortune du pot, et à parler encore, tard dans la nuit, de l'art bien sûr, mais surtout des peintres sans talent, plagiaires ou intéressés, qui n'étaient pas là. Jonas, lui, aimait à se lever tôt, pour profiter des premières heures de la lumière. Il savait que ce serait difficile, que le petit déjeuner ne serait pas prêt à temps, et que lui-même serait fatigué. Mais il se réjouissait aussi d'apprendre, en un soir, tant de choses qui ne pouvaient manquer de lui être profitables, quoique de manière invisible, dans son art. « En art, comme dans la nature, rien ne se perd, disait-il. C'est un effet de l'étoile. »

Aux amis se joignaient parfois les disciples : Jonas maintenant faisait école. Il en avait d'abord été surpris, ne voyant pas ce qu'on pouvait apprendre de lui qui avait tout à découvrir. L'artiste, en lui, marchait dans les ténèbres ; comment aurait-il enseigné les vrais chemins ? Mais il comprit assez vite qu'un disciple n'était pas forcément quelqu'un qui aspire à apprendre quelque chose. Plus souvent, au contraire, on se faisait disciple pour le plaisir désintéressé d'enseigner son maître. Dès lors, il put accepter, avec humilité, ce surcroît d'honneurs. Les disciples de Jonas lui expliquaient longuement ce qu'il avait peint, et pourquoi. Jonas découvrait ainsi dans son œuvre beaucoup d'intentions qui le surprenaient un peu, et une foule de choses qu'il n'y avait pas mises. Il se croyait pauvre et, grâce à ses élèves, se trouvait riche d'un seul coup. Parfois, devant tant de richesses jusqu'alors inconnues, un soupçon de fierté effleurait Jonas. « C'est tout de même vrai, se disait-il. Ce visage-là, au dernier plan, on ne voit que lui. Je ne comprends pas bien ce qu'ils veulent dire en parlant d'humanisation indirecte. Pourtant, avec cet effet, je suis allé assez loin. » Mais bien vite, il se débarrassait sur son étoile de cette incommode maîtrise. « C'est l'étoile, disait-il, qui va loin. Moi, je reste près de Louise et des enfants. »

Les disciples avaient d'ailleurs un autre mérite : ils obligeaient Jonas a une plus grande rigueur envers lui-même. Ils le mettaient si haut dans leurs discours, et particulièrement en ce qui concernait sa conscience et sa force de travail, qu'après cela aucune faiblesse ne lui était plus permise. Il perdit ainsi sa vieille habitude de croquer un bout de sucre ou de chocolat quand il avait terminé un passage difficile, et avant de se remettre au travail. Dans la solitude, malgré tout, il eût cédé clandestinement à cette faiblesse. Mais il fut aidé dans ce progrès moral par la présence presque constante de ses disciples et amis devant lesquels il se trouvait un peu gêné de grignoter du chocolat et dont il ne pouvait d'ailleurs, pour une si petite manie, interrompre l'intéressante conversation.

De plus, ses disciples exigeaient qu'il restât fidèle à son esthétique. Jonas, qui peinait longuement pour recevoir de loin en loin une sorte d'éclair fugitif où la réalité surgissait alors à ses yeux dans une lumière vierge, n'avait qu'une idée obscure de sa propre esthétique. Ses disciples, au contraire, en avaient plusieurs idées, contradictoires et catégoriques ; ils ne plaisantaient pas là-dessus. Jonas eût aimé, parfois, invoquer le caprice, cet humble ami de l'artiste. Mais les froncements de sourcils de ses disciples devant certaines toiles qui s'écartaient de leur idée le forçaient à réfléchir un peu plus sur son art, ce qui était tout bénéfice.

Enfin, les disciples aidaient Jonas d'une autre manière en le forçant à donner son avis sur leur propre production. Il ne se passait pas de jour, en effet, qu'on ne lui apportât quelque toile à peine ébauchée que son auteur plaçait entre Jonas et le tableau en train, afin de faire bénéficier l'ébauche de la meilleure lumière. Il fallait donner un avis. Jusqu'à cette époque, Jonas avait toujours eu une secrète honte de son incapacité profonde à juger d'une œuvre d'art. Exception faite pour une poignée de tableaux qui le transportaient, et pour les gribouillages évidemment grossiers, tout lui paraissait également intéressant et indifférent. Il fut donc forcé de se constituer un arsenal de jugements, d'autant plus variés que ses disciples, comme tous les artistes de la capitale, avaient en somme un certain talent, et qu'il lui fallait établir, lorsqu'ils étaient là, des nuances assez diverses pour satisfaire chacun. Cette heureuse obligation le contraignit donc à se faire un vocabulaire, et des opinions sur son art. Sa naturelle bienveillance ne fut d'ailleurs pas aigrie par cet effort. Il comprit rapidement que ses disciples ne lui demandaient pas des critiques, dont ils n'avaient que faire, mais seulement des encouragements et, s'il se pouvait, des éloges. Il fallait seulement que les éloges fussent différents. Jonas ne se contenta plus d'être aimable, à son ordinaire. Il le fut avec ingéniosité.

Ainsi coulait le temps de Jonas, qui peignait au milieu d'amis et d'élèves, installés sur des chaises maintenant disposées en rangs concentriques autour du chevalet. Souvent, aussi bien, des voisins apparaissaient aux fenêtres d'en face et s'ajoutaient à son public. Il discutait, échangeait des vues, examinait les toiles qui lui étaient soumises, souriait aux passages de Louise, consolait les enfants et répondait chaleureusement aux appels téléphoniques, sans jamais lâcher ses pinceaux avec lesquels, de temps en temps, il ajoutait une touche au tableau commencé. Dans un sens, sa vie était bien remplie, toutes ses heures étaient employées, et il rendait grâces au destin qui lui épargnait l'ennui. Dans un autre sens, il fallait beaucoup de touches pour remplir un tableau et il pensait parfois que l'ennui avait du bon puisqu'on pouvait s'en évader par le travail acharné. La production de Jonas, au contraire, ralentissait dans la mesure où ses amis devenaient plus intéressants. Même dans les rares heures où il était tout à fait seul, il se sentait trop fatigué pour mettre les bouchées doubles. Et dans ces heures, il ne pouvait que rêver d'une nouvelle organisation qui concilierait les plaisirs de l'amitié et les vertus de l'ennui.

Il s'en ouvrit à Louise qui, de son côté, s'inquiétait devant la croissance de ses deux aînés et l'étroitesse de leur chambre. Elle proposa de les installer dans la grande pièce en masquant leur lit par un paravent, et de transporter le bébé dans la petite pièce où il ne serait pas réveillé par le téléphone. Comme le bébé ne tenait aucune place, Jonas pouvait faire de la petite pièce son atelier. La grande servirait alors aux réceptions de la journée, Jonas pourrait aller et venir, rendre visite à ses amis ou travailler, sûr qu'il était d'être compris dans son besoin d'isolement. De plus, la nécessité de coucher les grands enfants permettrait d'écourter les soirées. « Superbe, dit Jonas après réflexion. — Et puis, dit Louise, si tes amis partent tôt, nous nous verrons un peu plus. » Jonas la regarda. Une ombre de tristesse passait sur le visage de Louise. Ému, il la prit contre lui, l'embrassa avec toute sa tendresse. Elle s'abandonna et, pendant un instant, ils furent heureux comme ils l'avaient été au début de leur mariage. Mais elle se secoua : la pièce était peut-être trop petite pour Jonas. Louise se saisit d'un mètre pliant et ils découvrirent qu'en raison de l'encombrement créé par ses toiles et par celles de ses élèves, de beaucoup les plus nombreuses, il travaillait, ordinairement, dans un espace à peine plus grand que celui qui lui serait, désormais, attribué. Jonas procéda sans tarder au déménagement.

Sa réputation, par chance, grandissait d'autant plus qu'il travaillait moins. Chaque exposition était attendue et célébrée d'avance. Il est vrai qu'un petit nombre de critiques, parmi lesquels se trouvaient deux des visiteurs habituels de l'atelier, tempéraient de quelques réserves la chaleur de leur compte rendu. Mais l'indignation des disciples compensait, et au-delà, ce petit malheur. Bien sûr, affirmaient ces derniers avec force, ils mettaient au-dessus de tout les toiles de la première période, mais les recherches actuelles préparaient une véritable révolution. Jonas se reprochait le léger agacement qui lui venait chaque fois qu'on exaltait ses premières œuvres et remerciait avec effusion. Seul Rateau grognait : « Drôles de pistolets... Ils t'aiment en statue, immobile. Avec eux, défense de vivre ! » Mais Jonas défendait ses disciples : « Tu ne peux pas comprendre, disait-il à Rateau, toi, tu aimes tout ce que je fais. » Rateau riait : « Parbleu. Ce ne sont pas tes tableaux que j'aime. C'est ta peinture. »

Les tableaux continuaient de plaire en tout cas et, après une exposition accueillie chaleureusement, le marchand proposa, de lui-même, une augmentation de la mensualité. Jonas accepta, en protestant de sa gratitude. « A vous entendre, dit le marchand, on croirait que vous attachez de l'importance à l'argent. » Tant de bonhomie conquit le cœur du peintre. Cependant, comme il demandait au marchand l'autorisation de donner une toile à une vente de charité, celui-ci s'inquiéta de savoir s'il s'agissait d'une charité « qui rapportait ». Jonas l'ignorait. Le marchand proposa donc d'en rester honnêtement aux termes du contrat qui lui accordait un privilège exclusif quant à la vente. « Un contrat est un contrat », dit-il. Dans le leur, la charité n'était pas prévue. « Ce sera comme vous voudrez », dit le peintre.

La nouvelle organisation n'apporta que des satisfactions à Jonas. Il put, en effet, s'isoler assez souvent pour répondre aux nombreuses lettres qu'il recevait maintenant et que sa courtoisie ne pouvait laisser sans réponse. Les unes concernaient l'art de Jonas, les autres, de beaucoup les plus nombreuses, la personne du correspondant, soit qu'il voulût être encouragé dans sa vocation de peintre, soit qu'il eût à demander un conseil ou une aide financière. A mesure que le nom de Jonas paraissait dans les gazettes, il fut aussi sollicité, comme tout le monde, d'intervenir pour dénoncer des injustices très révoltantes. Jonas répondait, écrivait sur l'art, remerciait, donnait son conseil, se privait d'une cravate pour envoyer un petit secours, signait enfin les justes protestations qu'on lui soumettait. « Tu fais de la politique, maintenant ? Laisse ça aux écrivains et aux filles laides », disait Rateau. Non, il ne signait que les protestations qui se déclaraient étrangères à tout esprit de parti. Mais toutes se réclamaient de cette belle indépendance. A longueur de semaines, Jonas traînait ses poches gonflées d'un courrier sans cesse négligé et renouvelé. Il répondait aux plus pressantes, qui venaient généralement d'inconnus, et gardait pour un meilleur temps celles qui demandaient une réponse à loisir, c'est-à-dire les lettres d'amis. Tant d'obligations lui interdisaient en tout cas la flânerie, et l'insouciance du cœur. Il se sentait toujours en retard, et toujours coupable, même quand il travaillait, ce qui lui arrivait de temps en temps.

Louise était de plus en plus mobilisée par les enfants, et s'épuisait à faire tout ce que lui-même, en d'autres circonstances, eût pu faire dans la maison. Il en était malheureux. Après tout, il travaillait, lui, pour son plaisir, elle avait la plus mauvaise part. Il s'en apercevait bien quand elle était en courses. « Le téléphone ! » criait l'aîné, et Jonas plantait là son tableau pour y revenir, le cœur en paix, avec une invitation supplémentaire. « C'est pour le gaz ! » hurlait un employé dans la porte qu'un enfant lui avait ouverte. « Voilà, voilà ! » Quand Jonas quittait le téléphone, ou la porte, un ami, un disciple, les deux parfois, le suivaient jusqu'à la petite pièce pour terminer la conversation commencée. Peu à peu, tous devinrent familiers du couloir. Ils s'y tenaient, bavardaient entre eux, prenaient de loin Jonas à témoin, ou bien faisaient une courte irruption dans la petite pièce. « Ici, au moins, s'exclamaient ceux qui entraient, on peut vous voir un peu, et à loisir. » Jonas s'attendrissait : « C'est vrai, disait-il. Finalement, on ne se voit plus. » Il sentait bien aussi qu'il décevait ceux qu'il ne voyait pas, et il s'en attristait. Souvent, il s'agissait d'amis qu'il eût préféré rencontrer. Mais le temps lui manquait, il ne pouvait tout accepter. Aussi, sa réputation s'en ressentit. « Il est devenu fier, disait-on, depuis qu'il a réussi. Il ne voit plus personne. » Ou bien : « Il n'aime personne, que lui. » Non, il aimait sa peinture, et Louise, ses enfants, Rateau, quelques-uns encore, et il avait de

la sympathie pour tous. Mais la vie est brève, le
temps rapide, et sa propre énergie avait des limites.
Il était difficile de peindre le monde et les hommes
et, en même temps, de vivre avec eux. D'un autre
côté, il ne pouvait se plaindre ni expliquer ses
empêchements. Car on lui frappait alors sur
l'épaule. « Heureux gaillard ! C'est la rançon de la
gloire ! »

Le courrier s'accumulait donc, les disciples ne
toléraient aucun relâchement, et les gens du monde
maintenant affluaient que Jonas d'ailleurs estimait
de s'intéresser à la peinture quand ils eussent pu,
comme chacun, se passionner pour la royale famille
d'Angleterre ou les relais gastronomiques. A la
vérité, il s'agissait surtout de femmes du monde,
mais qui avaient une grande simplicité de manières.
Elles n'achetaient pas elles-mêmes de toiles et
amenaient seulement leurs amis chez l'artiste dans
l'espoir, souvent déçu, qu'ils achèteraient à leur
place. En revanche, elles aidaient Louise, particulièrement en préparant du thé pour les visiteurs. Les
tasses passaient de main en main, parcouraient le
couloir, de la cuisine à la grande pièce, revenaient
ensuite pour atterrir dans le petit atelier où Jonas, au
milieu d'une poignée d'amis et de visiteurs qui
suffisaient à remplir la chambre, continuait de
peindre jusqu'au moment où il devait déposer ses
pinceaux pour prendre, avec reconnaissance, la tasse
qu'une fascinante personne avait spécialement remplie pour lui.

Il buvait son thé, regardait l'ébauche qu'un disciple venait de poser sur son chevalet, riait avec ses
amis, s'interrompait pour demander à l'un d'eux de

bien vouloir poster le paquet de lettres qu'il avait
écrites dans la nuit, redressait le petit deuxième
tombé dans ses jambes, posait pour une photogra-
phie et puis : « Jonas, le téléphone ! » il brandissait
sa tasse, fendait en s'excusant la foule qui occupait
son couloir, revenait, peignait un coin de tableau,
s'arrêtait pour répondre à la fascinante que, certainement, il ferait son portrait, et retournait au
chevalet. Il travaillait, mais : « Jonas, une signa-
ture ! — Qu'est-ce que c'est, disait-il, le facteur ? —
Non, les forçats du Cachemire. — Voilà, voilà ! » Il
courait alors à la porte recevoir un jeune ami des
hommes et sa protestation, s'inquiétait de savoir s'il
s'agissait de politique, signait après avoir reçu un
complet apaisement en même temps que des remon-
trances sur les devoirs que lui créaient ses privilèges
d'artiste et réapparaissait pour qu'on lui présente,
sans qu'il pût comprendre leur nom, un boxeur
fraîchement victorieux, ou le plus grand dramaturge
d'un pays étranger. Le dramaturge lui faisait face
pendant cinq minutes, exprimant par des regards
émus ce que son ignorance du français ne lui
permettait pas de dire plus clairement, pendant que
Jonas hochait la tête avec une sincère sympathie.
Heureusement, cette situation sans issue était
dénouée par l'irruption du dernier prédicateur de
charme qui voulait être présenté au grand peintre.
Jonas, enchanté, disait qu'il l'était, tâtait le paquet
de lettres dans sa poche, empoignait ses pinceaux, se
préparait à reprendre un passage, mais devait
d'abord remercier pour la paire de setters qu'on lui
amenait à l'instant, allait les garer dans la chambre
conjugale, revenait pour accepter l'invitation à

déjeuner de la donatrice, ressortait aux cris de
Louise pour constater sans doute possible que les
setters n'avaient pas été dressés à vivre en appartement, et les menait dans la salle de douches où ils
hurlaient avec tant de persévérance qu'on finissait
par ne plus les entendre. De loin en loin, par-dessus
les têtes, Jonas apercevait le regard de Louise et il
lui semblait que ce regard était triste. La fin du jour
arrivait enfin, des visiteurs prenaient congé, d'autres
s'attardaient dans la grande pièce et regardaient
avec attendrissement Louise coucher les enfants,
aidée gentiment par une élégante à chapeau qui se
désolait de devoir tout à l'heure regagner son hôtel
particulier où la vie, dispersée sur deux étages, était
tellement moins intime et chaleureuse que chez les
Jonas.

Un samedi après-midi, Rateau vint apporter à
Louise un ingénieux séchoir à linge qui pouvait se
fixer au plafond de la cuisine. Il trouva l'appartement bondé et, dans le petite pièce, entouré de
connaisseurs, Jonas qui peignait la donatrice aux
chiens, mais était peint lui-même par un artiste
officiel. Celui-ci, selon Louise, exécutait une
commande de l'État. « Ce sera *l'Artiste au travail.* »
Rateau se retira dans un coin de la pièce pour
regarder son ami, absorbé visiblement par son
effort. Un des connaisseurs, qui n'avait jamais vu
Rateau, se pencha vers lui : « Hein, dit-il, il a bonne
mine ! » Rateau ne répondit pas. « Vous peignez,
continua l'autre. Moi aussi. Eh bien, croyez-moi, il
baisse. — Déjà ? dit Rateau. — Oui. C'est le succès.
On ne résiste pas au succès. Il est fini. — Il baisse ou
il est fini ? — Un artiste qui baisse est fini. Voyez, il

n'a plus rien à peindre. On le peint lui-même et on l'accrochera au mur. »

Plus tard, au milieu de la nuit, dans la chambre conjugale, Louise, Rateau et Jonas, celui-ci debout, les deux autres assis sur un coin du lit, se taisaient. Les enfants dormaient, les chiens étaient en pension à la campagne, Louise venait de laver la nombreuse vaisselle que Jonas et Rateau avaient essuyée, la fatigue était bonne. « Prenez une domestique » avait dit Rateau, devant la pile d'assiettes. Mais Louise, avec mélancolie : « Où la mettrions-nous ? » Ils se taisaient donc. « Es-tu content ? » demanda soudain Rateau. Jonas sourit, mais il avait l'air las. « Oui. Tout le monde est gentil avec moi. — Non, dit Rateau. Méfie-toi. Ils ne sont pas tous bons. — Qui ? — Tes amis peintres, par exemple. — Je sais, dit Jonas. Mais beaucoup d'artistes sont comme ça. Ils ne sont pas sûrs d'exister, même les plus grands. Alors, ils cherchent des preuves, ils jugent, ils condamnent. Ça les fortifie, c'est un commencement d'existence. Ils sont seuls ! » Rateau secouait la tête. « Crois-moi, dit Jonas, je les connais. Il faut les aimer. — Et toi, dit Rateau, tu existes donc ? Tu ne dis jamais de mal de personne. » Jonas se mit à rire : « Oh ! j'en pense souvent du mal. Seulement, j'oublie. » Il devint grave : « Non, je ne suis pas certain d'exister. Mais j'existerai, j'en suis sûr. »

Rateau demanda à Louise ce qu'elle en pensait. Elle sortit de sa fatigue pour dire que Jonas avait raison : l'opinion de leurs visiteurs n'avait pas d'importance. Seul le travail de Jonas importait. Et elle sentait bien que l'enfant le gênait. Il grandissait d'ailleurs, il faudrait acheter un divan, qui prendrait de la place. Comment faire, en attendant de trouver un plus grand appartement ! Jonas regardait la chambre conjugale. Bien sûr, ce n'était pas l'idéal, le lit était très large. Mais la pièce était vide toute la journée. Il le dit à Louise qui réfléchit. Dans la chambre, du moins, Jonas ne serait pas dérangé ; on n'oserait tout de même pas se coucher sur leur lit. « Qu'en pensez-vous ? » demanda Louise, à son tour, à Rateau. Celui-ci regardait Jonas. Jonas contemplait les fenêtres d'en face. Puis, il leva les yeux vers le ciel sans étoiles, et alla tirer les rideaux. Quand il revint, il sourit à Rateau et s'assit, près de lui, sur le lit, sans rien dire. Louise, visiblement fourbue, déclara qu'elle allait prendre sa douche. Quand les deux amis furent seuls, Jonas sentit l'épaule de Rateau toucher la sienne. Il ne le regarda pas, mais dit : « J'aime peindre. Je voudrais peindre ma vie entière, jour et nuit. N'est-ce pas une chance, cela ? » Rateau le regardait avec tendresse : « Oui, dit-il, c'est une chance. »

Les enfants grandissaient et Jonas était heureux de les voir gais et vigoureux. Ils allaient en classe, et revenaient à quatre heures. Jonas pouvait encore en profiter le samedi après-midi, le jeudi, et aussi, à longueur de journées, pendant de fréquentes et longues vacances. Ils n'étaient pas encore assez grands pour jouer sagement, mais se montraient assez robustes pour meubler l'appartement de leurs disputes et de leurs rires. Il fallait les calmer, les menacer, faire mine parfois de les battre. Il y avait aussi le linge à tenir propre, les boutons à recoudre ; Louise n'y suffisait plus. Puisqu'on ne pouvait loger une domestique, ni même l'introduire dans l'étroite intimité où ils vivaient, Jonas suggéra d'appeler à l'aide la sœur de Louise, Rose, qui était restée veuve avec une grande fille. « Oui, dit Louise, avec Rose, on ne se gênera pas. On la mettra à la porte quand on voudra. » Jonas se réjouit de cette solution qui soulagerait Louise en même temps que sa propre conscience, embarrassée devant la fatigue de sa femme. Le soulagement fut d'autant plus grand que la sœur amenait souvent sa fille en renfort. Toutes deux avaient le meilleur cœur du monde ; la vertu et le désintéressement éclataient dans leur nature honnête. Elles firent l'impossible pour venir en aide au ménage et n'épargnèrent pas leur temps. Elles y furent aidées par l'ennui de leurs vies solitaires et le plaisir d'aise qu'elles trouvaient chez Louise. Comme prévu, en effet, personne ne se gêna et les deux parentes, dès le premier jour, se sentirent vraiment chez elles. La grande pièce devint commune, à la fois salle à manger, lingerie, et garderie d'enfants. La petite pièce où dormait le dernier-né servit à entreposer les toiles et un lit de camp où dormait parfois Rose, quand elle se trouvait sans sa fille.

Jonas occupait la chambre conjugale et travaillait dans l'espace qui séparait le lit de la fenêtre. Il fallait seulement attendre que la chambre fût faite, après celle des enfants. Ensuite, on ne venait plus le déranger que pour chercher quelque pièce de linge : la seule armoire de la maison se trouvait en effet dans cette chambre. Les visiteurs, de leur côté, quoique un peu moins nombreux, avaient pris des habitudes et, contre l'espérance de Louise, n'hésitaient pas à se coucher sur le lit conjugal pour mieux bavarder avec Jonas. Les enfants venaient aussi embrasser leur père. « Fais voir l'image. » Jonas leur montrait l'image qu'il peignait et les embrassait avec tendresse. En les renvoyant, il sentait qu'ils occupaient tout l'espace de son cœur, pleinement, sans restriction. Privé d'eux, il ne retrouverait plus que vide et solitude. Il les aimait autant que sa peinture parce que, seuls dans le monde, ils étaient aussi vivants qu'elle.

Pourtant, Jonas travaillait moins, sans qu'il pût savoir pourquoi. Il était toujours assidu, mais il avait maintenant de la difficulté à peindre, même dans les moments de solitude. Ces moments, il les passait à regarder le ciel. Il avait toujours été distrait et absorbé, il devint rêveur. Il pensait à la peinture, à sa vocation, au lieu de peindre. « J'aime peindre », se disait-il encore, et la main qui tenait le pinceau pendait le long de son corps, et il écoutait une radio lointaine.

En même temps, sa réputation baissait. On lui apportait des articles réticents, d'autres mauvais, et quelques-uns si méchants que son cœur se serrait. Mais il se disait qu'il y avait aussi du profit à tirer de ces attaques qui le pousseraient à mieux travailler. Ceux qui continuaient à venir le traitaient avec moins de déférence, comme un vieil ami, avec qui il n'y a pas à se gêner. Quand il voulait retourner à son travail : « Bah ! disaient-ils, tu as bien le temps ! » Jonas sentait que d'une certaine manière, ils l'annexaient déjà à leur propre échec. Mais, dans un autre sens, cette solidarité nouvelle avait quelque chose de bienfaisant. Rateau haussait les épaules : « Tu es trop bête. Ils ne t'aiment guère. — Ils m'aiment un peu maintenant, répondait Jonas. Un peu d'amour, c'est énorme. Qu'importe comme on l'obtient ! » Il continuait donc de parler, d'écrire des lettres et de peindre, comme il pouvait. De loin en loin, il peignait vraiment, surtout le dimanche après-midi, quand les enfants sortaient avec Louise et Rose. Le soir, il se réjouissait d'avoir un peu avancé le tableau en cours. A cette époque, il peignait des ciels.

Le jour où le marchand lui fit savoir qu'à son regret, devant la diminution sensible des ventes, il était obligé de réduire sa mensualité, Jonas l'approuva, mais Louise montra de l'inquiétude. C'était le mois de septembre, il fallait habiller les enfants pour la rentrée. Elle se mit elle-même à l'ouvrage, avec son courage habituel, et fut bientôt dépassée. Rose, qui pouvait raccommoder et coudre des boutons, n'était pas couturière. Mais la cousine de son mari l'était ; elle vint aider Louise. De temps en temps, elle s'installait dans la chambre de Jonas, sur une chaise de coin, où cette personne silencieuse se tenait d'ailleurs tranquille. Si tranquille même que Louise suggéra à Jonas de peindre une *Ouvrière*. « Bonne idée », dit Jonas. Il essaya, gâcha deux toiles, puis revint à un ciel commencé. Le lendemain, il se promena longuement dans l'appartement et réfléchit au lieu de peindre. Un disciple, tout échauffé, vint lui montrer un long article, qu'il n'aurait pas lu autrement, où il apprit que sa peinture était en même temps surfaite et périmée ; le marchand lui téléphona pour lui dire encore son inquiétude devant la courbe des ventes. Il continuait pourtant de rêver et de réfléchir. Il dit au disciple qu'il y avait du vrai dans l'article, mais que lui, Jonas, pouvait compter encore sur beaucoup d'années de travail. Au marchand, il répondit qu'il comprenait son inquiétude, mais qu'il ne la partageait pas. Il avait une grande œuvre, vraiment nouvelle, à faire ; tout allait recommencer. En parlant, il sentit qu'il disait vrai et que son étoile était là. Il suffisait d'une bonne organisation.

Les jours qui suivirent, il tenta de travailler dans le couloir, le surlendemain dans la salle de douches, à l'électricité, le jour d'après dans la cuisine. Mais, pour la première fois, il était gêné par les gens qu'il rencontrait partout, ceux qu'il connaissait à peine et les siens, qu'il aimait. Pendant quelque temps, il s'arrêta de travailler et réfléchit. Il aurait peint sur le motif si la saison s'y était prêtée. Malheureusement, on allait entrer dans l'hiver, il était difficile de faire du paysage avant le printemps. Il essaya cependant, et renonça : le froid pénétrait jusqu'à son cœur. Il vécut plusieurs jours avec ses toiles, assis près d'elles le plus souvent, ou bien planté devant la fenêtre ; il ne peignait plus. Il prit alors l'habitude de sortir le matin. Il se donnait le projet de croquer un détail, un arbre, une maison de guingois, un profil saisi au passage. Au bout de la journée, il n'avait rien fait. La moindre tentation, les journaux, une rencontre, des vitrines, la chaleur d'un café, le fixait au contraire. Chaque soir, il fournissait sans trêve en bonnes excuses une mauvaise conscience qui ne le quittait pas. Il allait peindre, c'était sûr, et mieux peindre, après cette période de vide apparent. Ça travaillait au-dedans, voilà tout, l'étoile sortirait lavée à neuf, étincelante, de ces brouillards obscurs.

En attendant, il ne quittait plus les cafés. Il avait découvert que l'alcool lui donnait la même exaltation que les journées de grand travail, au temps où il pensait à son tableau avec cette tendresse et cette chaleur qu'il n'avait jamais ressenties que devant ses enfants. Au deuxième cognac, il retrouvait en lui cette émotion poignante qui le faisait à la fois maître et serviteur du monde. Simplement, il en jouissait dans le vide, les mains oisives, sans la faire passer dans une œuvre. Mais c'était là ce qui se rapprochait le plus de la joie pour laquelle il vivait et il passait maintenant de longues heures, assis, rêvant, dans des lieux enfumés et bruyants.

Il fuyait pourtant les endroits et les quartiers fréquentés par les artistes. Quand il rencontrait une connaissance qui lui parlait de sa peinture, une panique le prenait. Il voulait fuir, cela se voyait, il fuyait alors. Il savait ce qu'on disait derrière lui : « Il se prend pour Rembrandt », et son malaise grandissait. Il ne souriait plus, en tout cas, et ses anciens amis en tiraient une conclusion singulière, mais inévitable : « S'il ne sourit plus, c'est qu'il est très content de lui. » Sachant cela, il devenait de plus en plus fuyant et ombrageux. Il lui suffisait, entrant dans un café, d'avoir le sentiment d'être reconnu par une personne de l'assistance pour que tout s'obscurcît en lui. Une seconde, il restait planté là, plein d'impuissance et d'un étrange chagrin, le visage fermé sur son trouble, et aussi sur un avide et subit besoin d'amitié. Il pensait au bon regard de Rateau et il sortait brusquement. « Tu parles d'une gueule ! » dit un jour quelqu'un, tout près de lui, au moment où il disparaissait.

Il ne fréquentait plus que les quartiers excentriques où personne ne le connaissait. Là, il pouvait parler, sourire, sa bienveillance revenait, on ne lui demandait rien. Il se fit quelques amis peu exigeants. Il aimait particulièrement la compagnie de l'un d'eux, qui le servait dans un buffet de gare où il allait souvent. Ce garçon lui avait demandé « ce qu'il faisait dans la vie ». « Peintre, avait répondu Jonas. — Artiste peintre ou peintre en bâtiment ? — Artiste. — Eh bien ! avait dit l'autre, c'est difficile. » Et ils n'avaient plus abordé la question. Oui, c'était difficile, mais Jonas allait s'en tirer, dès qu'il aurait trouvé comment organiser son travail.

Au hasard des jours et des verres, il fit d'autres rencontres, des femmes l'aidèrent. Il pouvait leur parler, avant ou après l'amour, et surtout se vanter un peu, elles le comprenaient même si elles n'étaient pas convaincues. Parfois, il lui semblait que son ancienne force revenait. Un jour où il avait été encouragé par une de ses amies, il se décida. Il revint chez lui, essaya de travailler à nouveau dans la chambre, la couturière étant absente. Mais au bout d'une heure, il rangea sa toile, sourit à Louise sans la voir et sortit. Il but le jour entier et passa la nuit chez son amie, sans être d'ailleurs en état de la désirer. Au matin, la douleur vivante, et son visage détruit, le reçut en la personne de Louise. Elle voulut savoir s'il avait pris cette femme. Jonas dit qu'il ne l'avait pas fait, étant ivre, mais qu'il en avait pris d'autres auparavant. Et pour la première fois, le cœur déchiré, il vit à Louise ce visage de noyée que donnent la surprise et l'excès de la douleur. Il découvrit alors qu'il n'avait pas pensé à elle pendant

tout ce temps et il en eut honte. Il lui demanda
pardon, c'était fini, demain tout recommencerait
comme auparavant. Louise ne pouvait parler et se
détourna pour cacher ses larmes.

Le jour d'après, Jonas sortit très tôt. Il pleuvait.
Quand il rentra, mouillé comme un champignon, il
était chargé de planches. Chez lui, deux vieux amis,
venus aux nouvelles, prenaient du café dans la
grande pièce. « Jonas change de manières. Il va
peindre sur bois ! » dirent-ils. Jonas souriait : « Ce
n'est pas cela. Mais je commence quelque chose de
nouveau. » Il gagna le petit couloir qui desservait la
salle de douches, les toilettes et la cuisine. Dans
l'angle droit que faisaient les deux couloirs, il
s'arrêta et considéra longuement les hauts murs qui
s'élevaient jusqu'au plafond obscur. Il fallait un
escabeau qu'il descendit chercher chez le concierge.

Quand il remonta, il y avait quelques personnes
de plus chez lui et il dut lutter contre l'affection de
ses visiteurs, ravis de le retrouver, et les questions de
sa famille, pour parvenir au bout du couloir. Sa
femme sortait à ce moment de la cuisine. Jonas,
posant son escabeau, la serra très fort contre lui.
Louise le regardait : « Je t'en prie, dit-elle, ne
recommence pas. — Non, non, dit Jonas. Je vais
peindre. Il faut que je peigne. » Mais il semblait se
parler à lui-même, son regard était ailleurs. Il se mit
au travail. A mi-hauteur des murs, il construisit un
plancher pour obtenir une sorte de soupente étroite,
quoique haute et profonde. A la fin de l'après-midi,
tout était terminé. En s'aidant de l'escabeau, Jonas
se pendit alors au plancher de la soupente et, pour
éprouver la solidité de son travail, effectua quelques

tractions. Puis, il se mêla aux autres, et chacun se réjouit de le trouver à nouveau si affectueux. Le soir, quand la maison fut relativement vide, Jonas prit une lampe à pétrole, une chaise, un tabouret et un cadre. Il monta le tout dans la soupente, sous le regard intrigué des trois femmes et des enfants. « Voilà, dit-il du haut de son perchoir. Je travaillerai sans déranger personne. » Louise demanda s'il en était sûr. « Mais oui, dit-il, il faut peu de place. Je serai plus libre. Il y a eu de grands peintres qui peignaient à la chandelle, et... — Le plancher est-il assez solide ? » Il l'était. « Sois tranquille, dit Jonas, c'est une très bonne solution. » Et il redescendit.

Le lendemain, à la première heure, il grimpa dans la soupente, s'assit, posa le cadre sur le tabouret, debout contre le mur, et attendit sans allumer la lampe. Les seuls bruits qu'il entendait directement venaient de la cuisine ou des toilettes. Les autres rumeurs semblaient lointaines et les visites, les sonneries de l'entrée ou du téléphone, les allées et venues, les conversations, lui parvenaient étouffées à moitié, comme si elles arrivaient de la rue ou de l'autre cour. De plus, alors que tout l'appartement regorgeait d'une lumière crue, l'ombre était ici reposante. De temps en temps, un ami venait et se campait sous la soupente. « Que fais-tu là, Jonas ? — Je travaille. — Sans lumière ? — Oui, pour le moment. » Il ne peignait pas, mais il réfléchissait. Dans l'ombre et ce demi-silence qui, par comparaison avec ce qu'il avait vécu jusque-là, lui paraissait celui du désert ou de la tombe, il écoutait son propre cœur. Les bruits qui arrivaient jusqu'à la soupente semblaient désormais ne plus le concerner, tout en s'adressant à lui. Il était comme ces hommes qui meurent seuls, chez eux, en plein sommeil, et, le matin venu, les appels téléphoniques retentissent, fiévreux et insistants, dans la maison déserte, au-dessus d'un corps à jamais sourd. Mais lui vivait, il écoutait en lui-même ce silence, il attendait son étoile, encore cachée, mais qui se préparait à monter de nouveau, à surgir enfin, inaltérable, au-dessus du désordre de ces jours vides. « Brille, brille, disait-il. Ne me prive pas de ta lumière. » Elle allait briller de nouveau, il en était sûr. Mais il fallait qu'il réfléchît encore plus longtemps, puisque la chance lui était enfin donnée d'être seul sans se séparer des siens. Il fallait qu'il découvre ce qu'il n'avait pas encore compris clairement, bien qu'il l'eût toujours su, et qu'il eût toujours peint comme s'il le savait. Il devait se saisir enfin de ce secret qui n'était pas seulement celui de l'art, il le voyait bien. C'est pourquoi il n'allumait pas la lampe.

Chaque jour, maintenant, Jonas remontait dans sa soupente. Les visiteurs se firent plus rares, Louise, préoccupée, se prêtant peu à la conversation. Jonas descendait pour les repas et remontait dans le perchoir. Il restait immobile, dans l'obscurité, la journée entière. La nuit, il rejoignait sa femme déjà couchée. Au bout de quelques jours, il pria Louise de lui passer son déjeuner, ce qu'elle fit avec un soin qui attendrit Jonas. Pour ne pas la déranger en d'autres occasions, il lui suggéra de faire quelques provisions qu'il entreposerait dans la soupente. Peu à peu, il ne redescendit plus de la journée. Mais il touchait à peine à ses provisions.

Un soir, il appela Louise et demanda quelques

couvertures : « Je passerai la nuit ici. » Louise le
regardait, la tête penchée en arrière. Elle ouvrit la
bouche, puis se tut. Elle examinait seulement Jonas
avec une expression inquiète et triste ; il vit soudain
à quel point elle avait vieilli, et que la fatigue de leur
vie avait mordu profondément sur elle aussi. Il pensa
alors qu'il ne l'avait jamais vraiment aidée. Mais
avant qu'il pût parler, elle lui sourit, avec une
tendresse qui serra le cœur de Jonas. « Comme tu
voudras, mon chéri », dit-elle.

Désormais, il passa ses nuits dans la soupente dont
il ne redescendait presque plus. Du coup, la maison
se vida de ses visiteurs puisqu'on ne pouvait plus voir
Jonas ni dans la journée ni le soir. A certains, on
disait qu'il était à la campagne, à d'autres, quand on
était las de mentir, qu'il avait trouvé un atelier. Seul,
Rateau venait fidèlement. Il grimpait sur l'escabeau,
sa bonne grosse tête dépassait le niveau du plancher : « Ça va ? disait-il. — Le mieux du monde. —
Tu travailles ? — C'est tout comme. — Mais tu n'as
pas de toile ! — Je travaille quand même. » Il était
difficile de prolonger ce dialogue de l'escabeau et de
la soupente. Rateau hochait la tête, redescendait,
aidait Louise en réparant les plombs ou une serrure,
puis, sans monter sur l'escabeau, venait dire au
revoir à Jonas qui répondait dans l'ombre : « Salut,
vieux frère. » Un soir, Jonas ajouta un merci à son
salut. « Pourquoi merci ? — Parce que tu m'aimes.
— Grande nouvelle ! » dit Rateau et il partit.

Un autre soir, Jonas appela Rateau qui accourut.
La lampe était allumée pour la première fois. Jonas
se penchait, avec une expression anxieuse, hors de la
soupente. « Passe-moi une toile, dit-il. — Mais

qu'est-ce que tu as ? Tu as maigri, tu as l'air d'un fantôme. — J'ai à peine mangé depuis plusieurs jours. Ce n'est rien, il faut que je travaille. — Mange d'abord. — Non, je n'ai pas faim. » Rateau apporta une toile. Au moment de disparaître dans la soupente, Jonas lui demanda : « Comment sont-ils ? — Qui ? — Louise et les enfants. — Ils vont bien. Ils iraient mieux si tu étais avec eux. — Je ne les quitte pas. Dis-leur surtout que je ne les quitte pas. » Et il disparut. Rateau vint dire son inquiétude à Louise. Celle-ci avoua qu'elle se tourmentait elle-même depuis plusieurs jours. « Comment faire ? Ah ! si je pouvais travailler à sa place ! » Elle faisait face à Rateau, malheureuse. « Je ne peux vivre sans lui », dit-elle. Elle avait de nouveau son visage de jeune fille qui surprit Rateau. Il s'aperçut alors qu'elle avait rougi.

La lampe resta allumée toute la nuit et toute la matinée du lendemain. A ceux qui venaient, Rateau ou Louise, Jonas répondait seulement : « Laisse, je travaille. » A midi, il demanda du pétrole. La lampe, qui charbonnait, brilla de nouveau d'un vif éclat jusqu'au soir. Rateau resta pour dîner avec Louise et les enfants. A minuit, il salua Jonas. Devant la soupente toujours éclairée, il attendit un moment, puis partit sans rien dire. Au matin du deuxième jour, quand Louise se leva, la lampe était encore allumée.

Une belle journée commençait, mais Jonas ne s'en apercevait pas. Il avait retourné la toile contre le mur. Épuisé, il attendait, assis, les mains offertes sur ses genoux. Il se disait que maintenant il ne travaillerait plus jamais, il était heureux. Il entendait les

grognements de ses enfants, des bruits d'eau, les
tintements de la vaisselle. Louise parlait. Les
grandes vitres vibraient au passage d'un camion sur
le boulevard. Le monde était encore là, jeune,
adorable : Jonas écoutait la belle rumeur que font
les hommes. De si loin, elle ne contrariait pas cette
force joyeuse en lui, son art, ces pensées qu'il ne
pouvait pas dire, à jamais silencieuses, mais qui le
mettaient au-dessus de toutes choses, dans un air
libre et vif. Les enfants couraient à travers les pièces,
la fillette riait, Louise aussi maintenant, dont il
n'avait pas entendu le rire depuis longtemps. Il les
aimait ! Comme il les aimait ! Il éteignit la lampe et,
dans l'obscurité revenue, là, n'était-ce pas son étoile
qui brillait toujours ? C'était elle, il la reconnaissait,
le cœur plein de gratitude, et il la regardait encore
lorsqu'il tomba, sans bruit.

« Ce n'est rien, déclarait un peu plus tard le
médecin qu'on avait appelé. Il travaille trop. Dans
une semaine, il sera debout. — Il guérira, vous en
êtes sûr ? disait Louise, le visage défait. — Il
guérira. » Dans l'autre pièce, Rateau regardait la
toile, entièrement blanche, au centre de laquelle
Jonas avait seulement écrit, en très petits caractères,
un mot qu'on pouvait déchiffrer, mais dont on ne
savait s'il fallait y lire *solitaire* ou *solidaire*.

La pierre qui pousse

La voiture vira lourdement sur la piste de latérite, maintenant boueuse. Les phares découpèrent soudain dans la nuit, d'un côté de la route, puis de l'autre, deux baraques de bois couvertes de tôle. Près de la deuxième, sur la droite, on distinguait, dans le léger brouillard, une tour bâtie de poutres grossières. Du sommet de la tour partait un câble métallique, invisible à son point d'attache, mais qui scintillait à mesure qu'il descendait dans la lumière des phares pour disparaître derrière le talus qui coupait la route. La voiture ralentit et s'arrêta à quelques mètres des baraques.

L'homme qui en sortit, à la droite du chauffeur, peina pour s'extirper de la portière. Une fois debout, il vacilla un peu sur son large corps de colosse. Dans la zone d'ombre, près de la voiture, affaissé par la fatigue, planté lourdement sur la terre, il semblait écouter le ralenti du moteur. Puis il marcha dans la direction du talus et entra dans le cône de lumière des phares. Il s'arrêta au sommet de la pente, son dos énorme dessiné sur la nuit. Au bout d'un instant, il se retourna. La face noire du chauffeur luisait au-dessus du tableau de bord et souriait. L'homme fit un signe ; le chauffeur coupa le contact. Aussitôt, un grand silence frais tomba sur la piste et sur la forêt. On entendit alors le bruit des eaux.

L'homme regardait le fleuve, en contrebas, signalé seulement par un large mouvement d'obscurité, piqué d'écailles brillantes. Une nuit plus dense et figée, loin, de l'autre côté, devait être la rive. En regardant bien, cependant, on apercevait sur cette rive immobile une flamme jaunâtre, comme un quinquet dans le lointain. Le colosse se retourna vers la voiture et hocha la tête. Le chauffeur éteignit ses phares, les alluma, puis les fit clignoter régulièrement. Sur le talus, l'homme apparaissait, disparaissait, plus grand et plus massif à chaque résurrection. Soudain, de l'autre côté du fleuve, au bout d'un bras invisible, une lanterne s'éleva plusieurs fois dans l'air. Sur un dernier signe du guetteur, le chauffeur éteignit définitivement ses phares. La voiture et l'homme disparurent dans la nuit. Les phares éteints, le fleuve était presque visible ou, du moins, quelques-uns de ses longs muscles liquides qui brillaient par intervalles. De chaque côté de la route, les masses sombres de la forêt se dessinaient sur le ciel et semblaient toutes proches. La petite pluie qui avait détrempé la piste, une heure auparavant, flottait encore dans l'air tiède, alourdissait le silence et l'immobilité de cette grande clairière au milieu de la forêt vierge. Dans le ciel noir tremblaient des étoiles embuées.

Mais de l'autre rive montèrent des bruits de chaînes, et des clapotis étouffés. Au-dessus de la baraque, à droite de l'homme qui attendait toujours,

le câble se tendit. Un grincement sourd commença
de le parcourir, en même temps que s'élevait du
fleuve un bruit, à la fois vaste et faible, d'eaux
labourées. Le grincement s'égalisa, le bruit d'eaux
s'élargit encore, puis se précisa, en même temps que
la lanterne grossissait. On distinguait nettement, à
présent, le halo jaunâtre qui l'entourait. Le halo se
dilata peu à peu et de nouveau se rétrécit, tandis que
la lanterne brillait à travers la brume et commençait
d'éclairer, au-dessus et autour d'elle, une sorte de
toit carré en palmes sèches, soutenu aux quatre coins
par de gros bambous. Ce grossier appentis, autour
duquel s'agitaient des ombres confuses, avançait
avec lenteur vers la rive. Lorsqu'il fut à peu près au
milieu du fleuve, on aperçut distinctement, découpés dans la lumière jaune, trois petits hommes au
torse nu, presque noirs, coiffés de chapeaux
coniques. Ils se tenaient immobiles sur leurs jambes
légèrement écartées, le corps un peu penché pour
compenser la puissante dérive du fleuve soufflant de
toutes ses eaux invisibles sur le flanc d'un grand
radeau grossier qui, le dernier, sortit de la nuit et des
eaux. Quand le bac se fut encore rapproché,
l'homme distingua derrière l'appentis, du côté de
l'aval, deux grands nègres coiffés, eux aussi, de
larges chapeaux de paille et vêtus seulement d'un
pantalon de toile bise. Côte à côte, ils pesaient de
tous leurs muscles sur des perches qui s'enfonçaient
lentement dans le fleuve, vers l'arrière du radeau,
pendant que les nègres, du même mouvement
ralenti, s'inclinaient au-dessus des eaux jusqu'à la
limite de l'équilibre. A l'avant, les trois mulâtres,

immobiles, silencieux, regardaient venir la rive sans lever les yeux vers celui qui les attendait.

Le bac cogna soudain contre l'extrémité d'un embarcadère qui avançait dans l'eau et que la lanterne, qui oscillait sous le choc, venait seulement de révéler. Les grands nègres s'immobilisèrent, les mains au-dessus de leur tête, agrippées à l'extrémité des perches à peine enfoncées, mais les muscles tendus et parcourus d'un frémissement continu qui semblait venir de l'eau elle-même et de sa pesée. Les autres passeurs lancèrent des chaînes autour des poteaux de l'embarcadère, sautèrent sur les planches, et rabattirent une sorte de pont-levis grossier qui recouvrit d'un plan incliné l'avant du radeau.

L'homme revint vers la voiture et s'y installa pendant que le chauffeur mettait son moteur en marche. La voiture aborda lentement le talus, pointa son capot vers le ciel, puis le rabattit vers le fleuve et entama la pente. Les freins serrés, elle roulait, glissait un peu sur la boue, s'arrêtait, repartait. Elle s'engagea sur l'embarcadère dans un bruit de planches rebondissantes, atteignit l'extrémité où les mulâtres, toujours silencieux, s'étaient rangés de chaque côté, et plongea doucement vers le radeau. Celui-ci piqua du nez dans l'eau dès que les roues avant l'atteignirent et remonta presque aussitôt pour recevoir le poids entier de la voiture. Puis le chauffeur laissa courir sa machine jusqu'à l'arrière, devant le toit carré où pendait la lanterne. Aussitôt, les mulâtres replièrent le plan incliné sur l'embarcadère et sautèrent d'un seul mouvement sur le bac, le décollant en même temps de la rive boueuse. Le fleuve s'arc-bouta sous le radeau et le souleva sur la surface des eaux où il dériva lentement au bout de la longue tringle qui courait maintenant dans le ciel, le long du câble. Les grands noirs détendirent alors leur effort et ramenèrent les perches. L'homme et le chauffeur sortirent de la voiture et vinrent s'immobiliser sur le bord du radeau, face à l'amont. Personne n'avait parlé pendant la manœuvre et, maintenant encore, chacun se tenait à sa place, immobile et silencieux, excepté un des grands nègres qui roulait une cigarette dans du papier grossier.

L'homme regardait la trouée par où le fleuve surgissait de la grande forêt brésilienne et descendait vers eux. Large à cet endroit de plusieurs centaines de mètres, il pressait des eaux troubles et soyeuses sur le flanc du bac puis, libéré aux deux extrémités, le débordait et s'étalait à nouveau en un seul flot puissant qui coulait doucement, à travers la forêt obscure, vers la mer et la nuit. Une odeur fade, venue de l'eau ou du ciel spongieux, flottait. On entendait maintenant le clapotis des eaux lourdes sous le bac et, venus des deux rives, l'appel espacé des crapauds-buffles ou d'étranges cris d'oiseaux. Le colosse se rapprocha du chauffeur. Celui-ci, petit et maigre, appuyé contre un des piliers de bambou, avait enfoncé ses poings dans les poches d'une combinaison autrefois bleue, maintenant couverte de la poussière rouge qu'ils avaient remâchée pendant toute la journée. Un sourire épanoui sur son visage tout plissé malgré sa jeunesse, il regardait sans les voir les étoiles exténuées qui nageaient encore dans le ciel humide.

Mais les cris d'oiseaux se firent plus nets, des

le monde clos - exile

jacassement inconnus s'y mêlèrent et, presque aussitôt, le câble se mit à grincer. Les grands noirs
enfoncèrent leurs perches et tâtonnèrent, avec des
gestes d'aveugles, à la recherche du fond. L'homme
se retourna vers la rive qu'ils venaient de quitter.
Elle était à son tour recouverte par la nuit et les
eaux, immense et farouche comme le continent
d'arbres qui s'étendait au-delà sur des milliers de
kilomètres. Entre l'océan tout proche et cette mer
végétale, la poignée d'hommes qui dérivait à cette
heure sur un fleuve sauvage semblait maintenant
perdue. Quand le radeau heurta le nouvel embarcadère, ce fut comme si, toutes amarres rompues, ils
abordaient une île dans les ténèbres, après des jours
de navigation effrayée.

A terre, on entendit enfin la voix des hommes. Le
chauffeur venait de les payer et, d'une voix étrangement gaie dans la nuit lourde, ils saluaient en
portugais la voiture qui se remettait en marche.

— Ils ont dit soixante, les kilomètres d'Iguape.
Trois heures tu roules et c'est fini. Socrate est
content, annonça le chauffeur.

L'homme rit, d'un bon rire, massif et chaleureux,
qui lui ressemblait.

— Moi aussi, Socrate, je suis content. La piste est
dure.

— Trop lourd, monsieur d'Arrast, tu es trop
lourd, et le chauffeur riait aussi sans pouvoir s'arrêter.

La voiture avait pris un peu de vitesse. Elle roulait
entre de hauts murs d'arbres et de végétation
inextricable, au milieu d'une odeur molle et sucrée.
Des vols entrecroisés de mouches lumineuses traver-

saient sans cesse l'obscurité de la forêt et, de loin en
loin, des oiseaux aux yeux rouges venaient battre
pendant une seconde le pare-brise. Parfois, un
feulement étrange leur parvenait des profondeurs de
la nuit et le chauffeur regardait son voisin en roulant
comiquement les yeux.

La route tournait et retournait, franchissait de
petites rivières sur des ponts de planches bringueba-
lantes. Au bout d'une heure, la brume commença de
s'épaissir. Une petite pluie fine, qui dissolvait la
lumière des phares, se mit à tomber. D'Arrast,
malgré les secousses, dormait à moitié. Il ne roulait
plus dans la forêt humide, mais à nouveau sur les
routes de la Serra qu'ils avaient prises le matin, au
sortir de São Paulo. Sans arrêt, de ces pistes de terre
s'élevait la poussière rouge dont ils avaient encore le
goût dans la bouche et qui, de chaque côté, aussi
loin que portait la vue, recouvrait la végétation rare
de la steppe. Le soleil lourd, les montagnes pâles
et ravinées, les zébus faméliques rencontrés sur
les routes avec, pour seule escorte, un vol fatigué
d'urubus dépenaillés, la longue, longue navigation à
travers un désert rouge... Il sursauta. La voiture
s'était arrêtée. Ils étaient maintenant au Japon : des
maisons à la décoration fragile de chaque côté de la
route et, dans les maisons, des kimonos furtifs. Le
chauffeur parlait à un Japonais, vêtu d'une combinaison sale, coiffé d'un chapeau de paille brésilien.
Puis la voiture démarra.

— Il a dit quarante kilomètres seulement.

— Où étions-nous ? A Tokyo ?

— Non, Registro. Chez nous tous les Japonais
viennent là.

— Pourquoi ?

— On ne sait pas. Ils sont jaunes, tu sais,
monsieur d'Arrast.

Mais la forêt s'éclaircissait un peu, la route
devenait plus facile, quoique glissante. La voiture
patinait sur du sable. Par la portière, entrait un
souffle humide, tiède, un peu aigre.

— Tu sens, dit le chauffeur avec gourmandise,
c'est la bonne mer. Bientôt Iguape.

— Si nous avons assez d'essence, dit d'Arrast.

Et il se rendormit paisiblement.

Au petit matin, d'Arrast, assis dans son lit,
regardait avec étonnement la salle où il venait de se
réveiller. Les grands murs, jusqu'à mi-hauteur,
étaient fraîchement badigeonnés de chaux brune.
Plus haut, ils avaient été peints en blanc à une
époque lointaine et des lambeaux de croûtes jaunâtres les recouvraient jusqu'au plafond. Deux rangées
de six lits se faisaient face. D'Arrast ne voyait qu'un
lit défait à l'extrémité de sa rangée, et ce lit était vide.
Mais il entendit du bruit à sa gauche et se retourna
vers la porte où Socrate, une bouteille d'eau minérale dans chaque main, se tenait en riant. « Heureux
souvenir ! » disait-il. D'Arrast se secoua. Oui, l'hôpital où le maire les avait logés la veille s'appelait
« Heureux souvenir ». « Sûr souvenir, continuait
Socrate. Ils m'ont dit d'abord construire l'hôpital,
plus tard construire l'eau. En attendant, heureux
souvenir, tiens l'eau piquante pour te laver. » Il
disparut, riant et chantant, nullement épuisé, en
apparence, par les éternuements cataclysmiques qui

l'avaient secoué toute la nuit et avaient empêché d'Arrast de fermer l'œil.

Maintenant, d'Arrast était tout à fait réveillé. A travers les fenêtres grillagées, en face de lui, il apercevait une petite cour de terre rouge, détrempée par la pluie qu'on voyait couler sans bruit sur un bouquet de grands aloès. Une femme passait, portant à bout de bras un foulard jaune déployé au-dessus de sa tête. D'Arrast se recoucha, puis se redressa aussitôt et sortit du lit qui plia et gémit sous son poids. Socrate entrait au même moment : « A toi, monsieur d'Arrast. Le maire attend dehors. » Mais devant l'air de d'Arrast : « Reste tranquille, lui jamais pressé. »

Rasé à l'eau minérale, d'Arrast sortit sous le porche du pavillon. Le maire qui avait la taille et, sous ses lunettes cerclées d'or, la mine d'une belette aimable, semblait absorbé dans une contemplation morne de la pluie. Mais un ravissant sourire le transfigura dès qu'il aperçut d'Arrast. Il raidit sa petite taille, se précipita et tenta d'entourer de ses bras le torse de « M. l'ingénieur ». Au même moment, une voiture freina devant eux, de l'autre côté du petit mur de la cour, dérapa dans la glaise mouillée, et s'arrêta de guingois. « Le juge ! » dit le maire. Le juge, comme le maire, était habillé de bleu marine. Mais il était beaucoup plus jeune ou, du moins, le paraissait à cause de sa taille élégante et de son frais visage d'adolescent étonné. Il traversait maintenant la cour, dans leur direction, en évitant les flaques d'eau avec beaucoup de grâce. A quelques pas de d'Arrast, il tendait déjà les bras et lui souhaitait la bienvenue. Il était fier d'accueillir

M. l'ingénieur, c'était un honneur que ce dernier
faisait à leur pauvre ville, il se réjouissait du service
inestimable que M. l'ingénieur allait rendre à Iguape
par la construction de cette petite digue qui éviterait
l'inondation périodique des bas quartiers. Comman-
der aux eaux, dompter les fleuves, ah! le grand
métier, et sûrement les pauvres gens d'Iguape
retiendraient le nom de M. l'ingénieur et dans
beaucoup d'années encore le prononceraient dans
leurs prières. D'Arrast, vaincu par tant de charme et
d'éloquence, remercia et n'osa plus se demander ce
qu'un juge pouvait avoir à faire avec une digue. Au
reste, il fallait, selon le maire, se rendre au club où
les notables désiraient recevoir dignement M. l'ingénieur avant d'aller visiter les bas quartiers. Qui
étaient les notables?

« Eh bien! dit le maire, moi-même, en tant que
maire, M. Carvalho, ici présent, le capitaine du port,
et quelques autres moins importants. D'ailleurs,
vous n'aurez pas à vous en occuper, ils ne parlent pas
français. »

D'Arrast appela Socrate et lui dit qu'il le retrouverait à la fin de la matinée.

— Bien oui, dit Socrate. J'irai au Jardin de la
Fontaine.

— Au Jardin!

— Oui, tout le monde connaît. Sois pas peur,
monsieur d'Arrast.

L'hôpital, d'Arrast s'en aperçut en sortant, était
construit en bordure de la forêt, dont les frondaisons
massives surplombaient presque les toits. Sur toute
la surface des arbres tombait maintenant un voile
d'eau fine que la forêt épaisse absorbait sans bruit,

comme une énorme éponge. La ville, une centaine
de maisons à peu près, couvertes de tuiles aux
couleurs éteintes, s'étendait entre la forêt et le
fleuve, dont le souffle lointain parvenait jusqu'à
l'hôpital. La voiture s'engagea d'abord dans des rues
détrempées et déboucha presque aussitôt sur une
place rectangulaire, assez vaste, qui gardait dans son
argile rouge, entre de nombreuses flaques, des
traces de pneus, de roues ferrées et de sabots. Tout
autour, les maisons basses, couvertes de crépi multicolore, fermaient la place derrière laquelle on apercevait les deux tours rondes d'une église bleue et
blanche, de style colonial. Sur ce décor nu flottait,
venant de l'estuaire, une odeur de sel. Au milieu de
la place erraient quelques silhouettes mouillées. Le
long des maisons, une foule bigarrée de gauchos, de
Japonais, d'Indiens métis et de notables élégants,
dont les complets sombres paraissaient ici exotiques,
circulaient à petits pas, avec des gestes lents. Ils se
garaient sans hâte, pour faire place à la voiture, puis
s'arrêtaient et la suivaient du regard. Lorsque la
voiture stoppa devant une des maisons de la place,
un cercle de gauchos humides se forma silencieusement autour d'elle.

Au club, une sorte de petit bar au premier étage,
meublé d'un comptoir de bambous et de guéridons
en tôle, les notables étaient nombreux. On but de
l'alcool de canne en l'honneur de d'Arrast, après
que le maire, verre en main, lui eut souhaité la
bienvenue et tout le bonheur du monde. Mais
pendant que d'Arrast buvait, près de la fenêtre, un
grand escogriffe, en culotte de cheval et leggins, vint
lui tenir, en chancelant un peu, un discours rapide et

obscur où l'ingénieur reconnut seulement le mot
« passeport ». Il hésita, puis sortit le document dont
l'autre s'empara avec voracité. Après avoir feuilleté
le passeport, l'escogriffe afficha une mauvaise
humeur évidente. Il reprit son discours, secouant le
carnet sous le nez de l'ingénieur qui, sans s'émou-
voir, contemplait le furieux. A ce moment, le juge,
souriant, vint demander de quoi il était question.
L'ivrogne examina un moment la frêle créature qui
se permettait de l'interrompre puis, chancelant de
façon plus dangereuse, secoua encore le passeport
devant les yeux de son nouvel interlocuteur. D'Arrast, paisiblement, s'assit près d'un guéridon et
attendit. Le dialogue devint très vif, et soudain le
juge étrenna une voix fracassante qu'on ne lui aurait
pas soupçonnée. Sans que rien l'eût fait prévoir,
l'escogriffe battit soudain en retraite avec l'air d'un
enfant pris en faute. Sur une dernière injonction du
juge, il se dirigea vers la porte, de la démarche
oblique du cancre puni, et disparut.

Le juge vint aussitôt expliquer à d'Arrast, d'une
voix redevenue harmonieuse, que ce grossier personnage était le chef de la police, qu'il osait préten-
dre que le passeport n'était pas en règle et qu'il
serait puni de son incartade. M. Carvalho s'adressa
ensuite aux notables, qui faisaient cercle, et sembla
les interroger. Après une courte discussion, le juge
exprima des excuses solennelles à d'Arrast, lui
demanda d'admettre que seule l'ivresse pouvait
expliquer un tel oubli des sentiments de respect et de
reconnaissance que lui devait la ville d'Iguape tout
entière et, pour finir, lui demanda de bien vouloir
décider lui-même de la punition qu'il convenait

d'infliger à ce personnage calamiteux. D'Arrast dit qu'il ne voulait pas de punition, que c'était un incident sans importance et qu'il était surtout pressé d'aller au fleuve. Le maire prit alors la parole pour affirmer avec beaucoup d'affectueuse bonhomie qu'une punition, vraiment, était indispensable, que le coupable resterait aux arrêts et qu'ils attendraient tous ensemble que leur éminent visiteur voulût bien décider de son sort. Aucune protestation ne put fléchir cette rigueur souriante et d'Arrast dut promettre qu'il réfléchirait. On décida ensuite de visiter les bas quartiers.

Le fleuve étalait déjà largement ses eaux jaunies sur les rives basses et glissantes. Ils avaient laissé derrière eux les dernières maisons d'Iguape et ils se trouvaient entre le fleuve et un haut talus escarpé où s'accrochaient des cases de torchis et de branchages. Devant eux, à l'extrémité du remblai, la forêt recommençait, sans transition, comme sur l'autre rive. Mais la trouée des eaux s'élargissait rapidement entre les arbres jusqu'à une ligne indistincte, un peu plus grise que jaune, qui était la mer. D'Arrast, sans rien dire, marcha vers le talus au flanc duquel les niveaux différents des crues avaient laissé des traces encore fraîches. Un sentier boueux remontait vers les cases. Devant ces dernières, des noirs se dressaient, silencieux, regardant les nouveaux venus. Quelques couples se tenaient par la main et, tout au bord du remblai, devant les adultes, une rangée de tendres négrillons, au ventre ballonné et aux cuisses grêles, écarquillaient des yeux ronds.

Parvenu devant les cases, d'Arrast appela d'un geste le commandant du port. Celui-ci était un gros

noir rieur vêtu d'un uniforme blanc. D'Arrast lui
demanda en espagnol s'il était possible de visiter une
case. Le commandant en était sûr, il trouvait même
que c'était une bonne idée, et M. l'ingénieur allait
voir des choses très intéressantes. Il s'adressa aux
noirs, leur parlant longuement, en désignant d'Arrast et le fleuve. Les autres écoutaient, sans mot
dire. Quand le commandant eut fini, personne ne
bougea. Il parla de nouveau, d'une voix impatiente.
Puis, il interpella un des hommes, qui secoua la tête.
Le commandant dit alors quelques mots brefs sur un
ton impératif. L'homme se détacha du groupe, fit
face à d'Arrast et, d'un geste, lui montra le chemin.
Mais son regard était hostile. C'était un homme
assez âgé, à la tête couverte d'une courte laine
grisonnante, le visage mince et flétri, le corps
pourtant jeune encore, avec de dures épaules sèches
et des muscles visibles sous le pantalon de toile et la
chemise déchirée. Ils avancèrent, suivis du commandant et de la foule des noirs, et grimpèrent sur un
nouveau talus, plus déclive, où les cases de terre, de
fer-blanc et de roseaux s'accrochaient si difficile-
ment au sol qu'il avait fallu consolider leur base avec
de grosses pierres. Ils croisèrent une femme qui
descendait le sentier, glissant parfois sur ses pieds
nus, portant haut sur la tête un bidon de fer plein
d'eau. Puis, ils arrivèrent à une sorte de petite place
délimitée par trois cases. L'homme marcha vers
l'une d'elles et poussa une porte de bambous dont
les gonds étaient faits de lianes. Il s'effaça, sans rien
dire, fixant l'ingénieur du même regard impassible.
Dans la case, d'Arrast ne vit d'abord rien qu'un feu
mourant, à même le sol, au centre exact de la pièce.

Puis, il distingua dans un coin, au fond, un lit de
cuivre au sommier nu et défoncé, une table dans
l'autre coin, couverte d'une vaisselle de terre et,
entre les deux, une sorte de tréteau où trônait un
chromo représentant saint Georges. Pour le reste,
rien qu'un tas de loques, à droite de l'entrée, et, au
plafond, quelques pagnes multicolores qui séchaient
au-dessus du feu. D'Arrast, immobile, respirait
l'odeur de fumée et de misère qui montait du sol et
le prenait à la gorge. Derrière lui, le commandant
frappa dans ses mains. L'ingénieur se retourna et,
sur le seuil, à contre-jour, il vit seulement arriver la
gracieuse silhouette d'une jeune fille noire qui lui
tendait quelque chose : il se saisit d'un verre et but
l'épais alcool de canne qu'il contenait. La jeune fille
tendit son plateau pour recevoir le verre vide et
sortit dans un mouvement si souple et si vivant que
d'Arrast eut soudain envie de la retenir.

Mais, sorti derrière elle, il ne la reconnut pas dans
la foule des noirs et des notables qui s'était amassée
autour de la case. Il remercia le vieil homme, qui
s'inclina sans un mot. Puis il partit. Le commandant,
derrière lui, reprenait ses explications, demandait
quand la Société française de Rio pourrait commencer les travaux et si la digue pourrait être construite
avant les grandes pluies. D'Arrast ne savait pas, il
n'y pensait pas en vérité. Il descendait vers le fleuve
frais, sous la pluie impalpable. Il écoutait toujours ce
grand bruit spacieux qu'il n'avait cessé d'entendre
depuis son arrivée, et dont on ne pouvait dire s'il
était fait du froissement des eaux ou des arbres.
Parvenu sur la rive, il regardait au loin la ligne
indécise de la mer, les milliers de kilomètres d'eaux

solitaires et l'Afrique, et, au-delà, l'Europe d'où il venait.

— Commandant, dit-il, de quoi vivent ces gens que nous venons de voir ?

— Ils travaillent quand on a besoin d'eux, dit le commandant. Nous sommes pauvres.

— Ceux-là sont les plus pauvres ?

— Ils sont les plus pauvres.

Le juge qui, à ce moment-là, arrivait en glissant légèrement sur ses fins souliers dit qu'ils aimaient déjà M. l'ingénieur qui allait leur donner du travail.

— Et vous savez, dit-il, ils dansent et ils chantent tous les jours.

Puis, sans transition, il demanda à d'Arrast s'il avait pensé à la punition.

— Quelle punition ?

— Eh bien, notre chef de police.

— Il faut le laisser.

Le juge dit que ce n'était pas possible et qu'il fallait punir. D'Arrast marchait déjà vers Iguape.

Dans le petit Jardin de la Fontaine, mystérieux et doux sous la pluie fine, des grappes de fleurs étranges dévalaient le long des lianes entre les bananiers et les pandanus. Des amoncellements de pierres humides marquaient le croisement des sentiers où circulait, à cette heure, une foule bariolée. Des métis, des mulâtres, quelques gauchos y bavardaient à voix faible ou s'enfonçaient, du même pas lent, dans les allées de bambous jusqu'à l'endroit où les bosquets et les taillis devenaient plus denses, puis impénétrables. Là, sans transition, commençait la forêt.

D'Arrast cherchait Socrate au milieu de la foule quand il le reçut dans son dos.

— C'est la fête, dit Socrate en riant, et il s'appuyait sur les hautes épaules de d'Arrast pour sauter sur place.

— Quelle fête ?

— Eh ! s'étonna Socrate qui faisait face maintenant à d'Arrast, tu connais pas ? La fête du bon Jésus. Chaque année, tous viennent à la grotte avec le marteau.

Socrate montrait non pas une grotte, mais un groupe qui semblait attendre dans un coin du jardin.

— Tu vois ! Un jour, la bonne statue de Jésus, elle est arrivée de la mer, en remontant le fleuve. Des pêcheurs l'a trouvée. Que belle ! Que belle ! Alors, ils l'a lavée ici dans la grotte. Et maintenant une pierre a poussé dans la grotte. Chaque année, c'est la fête. Avec le marteau, tu casses, tu casses des morceaux pour le bonheur béni. Et puis quoi, elle pousse toujours, toujours tu casses. C'est le miracle.

Ils étaient arrivés à la grotte dont on apercevait l'entrée basse par-dessus les hommes qui attendaient. A l'intérieur, dans l'ombre piquée par des flammes tremblantes de bougies, une forme accroupie cognait en ce moment avec un marteau. L'homme, un gaucho maigre aux longues moustaches, se releva et sortit, tenant dans sa paume offerte à tous un petit morceau de schiste humide sur lequel, au bout de quelques secondes, et avant de s'éloigner, il referma la main avec précaution. Un autre homme alors entra dans la grotte en se baissant.

D'Arrast se retourna. Autour de lui, les pèlerins

attendaient, sans le regarder, impassibles sous l'eau qui descendait des arbres en voiles fins. Lui aussi attendait, devant cette grotte, sous la même brume d'eau, et il ne savait quoi. Il ne cessait d'attendre, en vérité, depuis un mois qu'il était arrivé dans ce pays. Il attendait, dans la chaleur rouge des jours humides, sous les étoiles menues de la nuit, malgré les tâches qui étaient les siennes, les digues à bâtir, les routes à ouvrir, comme si le travail qu'il était venu faire ici n'était qu'un prétexte, l'occasion d'une surprise, ou d'une rencontre qu'il n'imaginait même pas, mais qui l'aurait attendu, patiemment, au bout du monde. Il se secoua, s'éloigna sans que personne, dans le petit groupe, fît attention à lui et se dirigea vers la sortie. Il fallait retourner au fleuve et travailler.

Mais Socrate l'attendait à la porte, perdu dans une conversation volubile avec un homme petit et gros, râblé, à la peau jaune plutôt que noire. Le crâne complètement rasé de ce dernier agrandissait encore un front de belle courbure. Son large visage lisse s'ornait au contraire d'une barbe très noire, taillée en carré.

— Celui-là, champion ! dit Socrate en guise de présentation. Demain, il fait la procession.

L'homme, vêtu d'un costume marin en grosse serge, un tricot à raies bleues et blanches sous la vareuse marinière, examinait d'Arrast, attentivement, de ses yeux noirs et tranquilles. Il souriait en même temps de toutes ses dents très blanches entre les lèvres pleines et luisantes.

— Il parle l'espagnol, dit Socrate et, se tournant vers l'inconnu :

— Raconte M. d'Arrast.

Puis, il partit en dansant vers un autre groupe. L'homme cessa de sourire et regarda d'Arrast avec une franche curiosité.

— Ça t'intéresse, Capitaine ?

— Je ne suis pas capitaine, dit d'Arrast.

— Ça ne fait rien. Mais tu es seigneur. Socrate me l'a dit.

— Moi, non. Mais mon grand-père l'était. Son père aussi et tous ceux d'avant son père. Maintenant, il n'y a plus de seigneurs dans nos pays.

— Ah ! dit le noir en riant, je comprends, tout le monde est seigneur.

— Non, ce n'est pas cela. Il n'y a ni seigneurs ni peuple.

L'autre réfléchissait, puis il se décida :

— Personne ne travaille, personne ne souffre ?

— Oui, des millions d'hommes.

— Alors, c'est le peuple.

— Comme cela oui, il y a un peuple. Mais ses maîtres sont des policiers ou des marchands.

Le visage bienveillant du mulâtre se referma. Puis il grogna :

— Humph ! Acheter et vendre, hein ! Quelle saleté ! Et avec la police, les chiens commandent.

Sans transition, il éclata de rire.

— Toi, tu ne vends pas ?

— Presque pas. Je fais des ponts, des routes.

— Bon, ça ! Moi, je suis coq sur un bateau. Si tu veux, je te ferai notre plat de haricots noirs.

— Je veux bien.

Le coq se rapprocha de d'Arrast et lui prit le bras.

— Écoute, j'aime ce que tu dis. Je vais te dire aussi. Tu aimeras peut-être.

Il l'entraîna, près de l'entrée, sur un banc de bois humide, au pied d'un bouquet de bambous.

— J'étais en mer, au large d'Iguape, sur un petit pétrolier qui fait le cabotage pour approvisionner les ports de la côte. Le feu a pris à bord. Pas par ma faute, eh ! je sais mon métier ! Non, le malheur ! Nous avons pu mettre les canots à l'eau. Dans la nuit, la mer s'est levée, elle a roulé le canot, j'ai coulé. Quand je suis remonté, j'ai heurté le canot de la tête. J'ai dérivé. La nuit était noire, les eaux sont grandes et puis je nage mal, j'avais peur. Tout d'un coup, j'ai vu une lumière au loin, j'ai reconnu le dôme de l'église du bon Jésus à Iguape. Alors, j'ai dit au bon Jésus que je porterais à la procession une pierre de cinquante kilos sur la tête s'il me sauvait. Tu ne me crois pas, mais les eaux se sont calmées et mon cœur aussi. J'ai nagé doucement, j'étais heureux, et je suis arrivé à la côte. Demain, je tiendrai ma promesse.

Il regarda d'Arrast d'un air soudain soupçonneux.

— Tu ne ris pas, hein ?

— Je ne ris pas. Il faut faire ce que l'on a promis.

L'autre lui frappa sur l'épaule.

— Maintenant, viens chez mon frère, près du fleuve. Je te cuirai des haricots.

— Non, dit d'Arrast, j'ai à faire. Ce soir, si tu veux.

— Bon. Mais cette nuit, on danse et on prie, dans la grande case. C'est la fête pour saint Georges.

D'Arrast lui demanda s'il dansait aussi. Le visage

du coq se durcit tout d'un coup ; ses yeux, pour la première fois, fuyaient.

— Non, non, je ne danserai pas. Demain, il faut porter la pierre. Elle est lourde. J'irai ce soir, pour fêter le saint. Et puis je partirai tôt.

— Ça dure longtemps ?

— Toute la nuit, un peu le matin.

Il regarda d'Arrast, d'un air vaguement honteux.

— Viens à la danse. Et tu m'emmèneras après. Sinon, je resterai, je danserai, je ne pourrai peut-être pas m'empêcher.

— Tu aimes danser ?

Les yeux du coq brillèrent d'une sorte de gourmandise.

— Oh ! oui, j'aime. Et puis il y a les cigares, les saints, les femmes. On oublie tout, on n'obéit plus.

— Il y a des femmes ? Toutes les femmes de la ville ?

— De la ville, non, mais des cases.

Le coq retrouva son sourire.

— Viens. Au capitaine, j'obéis. Et tu m'aideras à tenir demain la promesse.

D'Arrast se sentit vaguement agacé. Que lui faisait cette absurde promesse ? Mais il regarda le beau visage ouvert qui lui souriait avec confiance et dont la peau noire luisait de santé et de vie.

— Je viendrai, dit-il. Maintenant, je vais t'accompagner un peu.

Sans savoir pourquoi, il revoyait en même temps la jeune fille noire lui présenter l'offrande de bienvenue.

Ils sortirent du jardin, longèrent quelques rues boueuses et parvinrent sur la place défoncée que la

faible hauteur des maisons qui l'entouraient faisait
paraître encore plus vaste. Sur le crépi des murs,
l'humidité ruisselait maintenant, bien que la pluie
n'eût pas augmenté. A travers les espaces spongieux
du ciel, la rumeur du fleuve et des arbres parvenait,
assourdie, jusqu'à eux. Ils marchaient d'un même
pas, lourd chez d'Arrast, musclé chez le coq. De
temps en temps, celui-ci levait la tête et souriait à
son compagnon. Ils prirent la direction de l'église
qu'on apercevait au-dessus des maisons, atteignirent
l'extrémité de la place, longèrent encore des rues
boueuses où flottaient maintenant des odeurs agres-
sives de cuisine. De temps en temps, une femme,
tenant une assiette ou un instrument de cuisine,
montrait dans l'une des portes un visage curieux, et
disparaissait aussitôt. Ils passèrent devant l'église,
s'enfoncèrent dans un vieux quartier, entre les
mêmes maisons basses, et débouchèrent soudain sur
le bruit du fleuve invisible, derrière le quartier des
cases que d'Arrast reconnut.

— Bon. Je te laisse. A ce soir, dit-il.

— Oui, devant l'église.

Mais le coq retenait en même temps la main de
d'Arrast. Il hésitait. Puis il se décida :

— Et toi, n'as-tu jamais appelé, fait une promesse ?

— Si, une fois, je crois.

— Dans un naufrage ?

— Si tu veux.

Et d'Arrast dégagea sa main brusquement. Mais
au moment de tourner les talons, il rencontra le
regard du coq. Il hésita, puis sourit.

— Je puis te le dire, bien que ce soit sans

importance. Quelqu'un allait mourir par ma faute. Il
me semble que j'ai appelé.

— Tu as promis ?

— Non. J'aurais voulu promettre.

— Il y a longtemps ?

— Peu avant de venir ici.

Le coq prit sa barbe à deux mains. Ses yeux
brillaient.

— Tu es un capitaine, dit-il. Ma maison est la
tienne. Et puis, tu vas m'aider à tenir ma promesse,
c'est comme si tu la faisais toi-même. Ça t'aidera
aussi.

D'Arrast sourit :

— Je ne crois pas.

— Tu es fier, Capitaine.

— J'étais fier, maintenant je suis seul. Mais dis-
moi seulement, ton bon Jésus t'a toujours répondu ?

— Toujours, non, Capitaine !

— Alors ?

Le coq éclata d'un rire frais et enfantin.

— Eh bien, dit-il, il est libre, non ?

Au club, où d'Arrast déjeunait avec les notables,
le maire lui dit qu'il devait signer le livre d'or de la
municipalité pour qu'un témoignage subsistât au
moins du grand événement que constituait sa venue
à Iguape. Le juge de son côté trouva deux ou trois
nouvelles formules pour célébrer, outre les vertus et
les talents de leur hôte, la simplicité qu'il mettait à
représenter parmi eux le grand pays auquel il avait
l'honneur d'appartenir. D'Arrast dit seulement qu'il
y avait cet honneur, qui certainement en était un,
selon sa conviction, et qu'il y avait aussi l'avantage
pour sa société d'avoir obtenu l'adjudication de ces

longs travaux. Sur quoi le juge se récria devant tant
d'humilité. « A propos, dit-il, avez-vous pensé à ce
que nous devons faire du chef de la police ? »
D'Arrast le regarda en souriant. « J'ai trouvé. » Il
considérerait comme une faveur personnelle, et une
grâce très exceptionnelle, qu'on voulût bien pardon-
ner en son nom à cet étourdi, afin que son séjour, à
lui, d'Arrast, qui se réjouissait tant de connaître la
belle ville d'Iguape et ses généreux habitants, pût
commencer dans un climat de concorde et d'amitié.
Le juge, attentif et souriant, hochait la tête. Il
médita un moment la formule, en connaisseur,
s'adressa ensuite aux assistants pour leur faire
applaudir les magnanimes traditions de la grande
nation française et, tourné de nouveau vers d'Arrast, se déclara satisfait. « Puisqu'il en est ainsi,
conclut-il, nous dînerons ce soir avec le chef. » Mais
d'Arrast dit qu'il était invité par des amis à la
cérémonie de danses, dans les cases. « Ah, oui ! dit
le juge. Je suis content que vous y alliez. Vous
verrez, on ne peut s'empêcher d'aimer notre
peuple. »

Le soir, d'Arrast, le coq et son frère étaient assis
autour du feu éteint, au centre de la case que
l'ingénieur avait déjà visitée le matin. Le frère n'avait
pas paru surpris de le revoir. Il parlait à peine
l'espagnol et se bornait la plupart du temps à hocher
la tête. Quant au coq, il s'était intéressé aux
cathédrales, puis avait longuement disserté sur la
soupe aux haricots noirs. Maintenant, le jour était
presque tombé et si d'Arrast voyait encore le coq et
son frère, il distinguait mal, au fond de la case, les

silhouettes accroupies d'une vieille femme et de la
jeune fille qui, à nouveau, l'avait servi. En contrebas, on entendait le fleuve monotone.

Le coq se leva et dit : « C'est l'heure. » Ils se
levèrent, mais les femmes ne bougèrent pas. Les
hommes sortirent seuls. D'Arrast hésita, puis rejoignit les autres. La nuit était maintenant tombée, la
pluie avait cessé. Le ciel, d'un noir pâle, semblait
encore liquide. Dans son eau transparente et sombre, bas sur l'horizon, des étoiles commençaient de
s'allumer. Elles s'éteignaient presque aussitôt, tombaient une à une dans le fleuve, comme si le ciel
dégouttait de ses dernières lumières. L'air épais
sentait l'eau et la fumée. On entendait aussi la
rumeur toute proche de l'énorme forêt, pourtant
immobile. Soudain, des tambours et des chants
s'élevèrent dans le lointain, d'abord sourds puis
distincts, qui se rapprochèrent de plus en plus et qui
se turent. On vit peu après apparaître une théorie de
filles noires, vêtues de robes blanches en soie
grossière, à la taille très basse. Moulé dans une
casaque rouge sur laquelle pendait un collier de
dents multicolores, un grand noir les suivait et,
derrière lui, en désordre, une troupe d'hommes
habillés de pyjamas blancs et des musiciens munis de
triangles et de tambours larges et courts. Le coq dit
qu'il fallait les accompagner.

La case où ils parvinrent, en suivant la rive à
quelques centaines de mètres des dernières cases,
était grande, vide, relativement confortable avec ses
murs crépis à l'intérieur. Le sol était en terre battue,
le toit de chaume et de roseaux, soutenu par un mât
central, les murs nus. Sur un petit autel tapissé de

palmes, au fond, et couvert de bougies qui éclai-
raient à peine la moitié de la salle, on apercevait un
superbe chromo où saint Georges, avec des airs
séducteurs, prenait avantage d'un dragon moustac-
chu. Sous l'autel, une sorte de niche, garnie de
papiers en rocailles, abritait, entre une bougie et une
écuelle d'eau, une petite statue de glaise, peinte en
rouge, représentant un dieu cornu. Il brandissait, la
mine farouche, un couteau démesuré, en papier
d'argent.

Le coq conduisit d'Arrast dans un coin où ils
restèrent debout, collés contre la paroi, près de la
porte. « Comme ça, murmura le coq, on pourra
partir sans déranger. » La case, en effet, était pleine
d'hommes et de femmes, serrés les uns contre les
autres. Déjà la chaleur montait. Les musiciens
allèrent s'installer de part et d'autre du petit autel.
Les danseurs et les danseuses se séparèrent en deux
cercles concentriques, les hommes à l'intérieur. Au
centre, vint se placer le chef noir à la casaque rouge.
D'Arrast s'adossa à la paroi, en croisant les bras.

Mais le chef, fendant le cercle des danseurs, vint
vers eux et, d'un air grave, dit quelques mots au coq.
« Décroise les bras, Capitaine, dit le coq. Tu te
serres, tu empêches l'esprit du saint de descendre. »
D'Arrast laissa docilement tomber les bras. Le dos
toujours collé à la paroi, il ressemblait lui-même,
maintenant, avec ses membres longs et lourds, son
grand visage déjà luisant de sueur, à quelque dieu
bestial et rassurant. Le grand noir le regarda puis,
satisfait, regagna sa place. Aussitôt, d'une voix
claironnante, il chanta les premières notes d'un air
que tous reprirent en chœur, accompagnés par les

tambours. Les cercles se mirent alors à tourner en sens inverse, dans une sorte de danse lourde et appuyée qui ressemblait plutôt à un piétinement, légèrement souligné par la double ondulation des hanches.

La chaleur avait augmenté. Pourtant, les pauses diminuaient peu à peu, les arrêts s'espaçaient et la danse se précipitait. Sans que le rythme des autres se ralentît, sans cesser lui-même de danser, le grand noir fendit à nouveau des cercles pour aller vers l'autel. Il revint avec un verre d'eau et une bougie allumée qu'il ficha en terre, au centre de la case. Il versa l'eau autour de la bougie en deux cercles concentriques, puis, à nouveau dressé, leva vers le toit des yeux fous. Tout son corps tendu, il attendait, immobile. « Saint Georges arrive. Regarde, regarde », souffla le coq dont les yeux s'exorbitaient.

En effet, quelques danseurs présentaient maintenant des airs de transe, mais de transe figée, les mains aux reins, le pas raide, l'œil fixe et atone. D'autres précipitaient leur rythme, se convulsant eux-mêmes, et commençaient à pousser des cris inarticulés. Les cris montèrent peu à peu et lorsqu'ils se confondirent dans un hurlement collectif, le chef, les yeux toujours levés, poussa lui-même une longue clameur à peine phrasée, au sommet du souffle, et où les mêmes mots revenaient. « Tu vois, souffla le coq, il dit qu'il est le champ de bataille du dieu. » D'Arrast fut frappé du changement de sa voix et regarda le coq qui, penché en avant, les poings serrés, les yeux fixes, reproduisait sur place le piétinement rythmé des autres. Il s'aperçut alors que lui-même, depuis un moment, sans déplacer les pieds pourtant, dansait de tout son poids.

Mais les tambours tout d'un coup firent rage et subitement le grand diable rouge se déchaîna. L'œil enflammé, les quatre membres tournoyant autour du corps, il se recevait, genou plié, sur chaque jambe, l'une après l'autre, accélérant son rythme à tel point qu'il semblait qu'il dût se démembrer, à la fin. Mais brusquement, il s'arrêta en plein élan, pour regarder les assistants, d'un air fier et terrible, au milieu du tonnerre des tambours. Aussitôt un danseur surgit d'un coin sombre, s'agenouilla et tendit au possédé un sabre court. Le grand noir prit le sabre sans cesser de regarder autour de lui, puis le fit tournoyer au-dessus de sa tête. Au même instant, d'Arrast aperçut le coq qui dansait au milieu des autres. L'ingénieur ne l'avait pas vu partir.

Dans la lumière rougeoyante, incertaine, une poussière étouffante montait du sol, épaississait encore l'air qui collait à la peau. D'Arrast sentait la fatigue le gagner peu à peu ; il respirait de plus en plus mal. Il ne vit même pas comment les danseurs avaient pu se munir des énorme cigares qu'ils fumaient à présent, sans cesser de danser, et dont l'étrange odeur emplissait la case et le grisait un peu. Il vit seulement le coq qui passait près de lui, toujours dansant, et qui tirait lui aussi sur un cigare : « Ne fume pas », dit-il. Le coq grogna, sans cesser de rythmer son pas, fixant le mât central avec l'expression du boxeur sonné, la nuque parcourue par un long et perpétuel frisson. A ses côtés, une noire épaisse, remuant de droite à gauche sa face animale, aboyait sans arrêt. Mais les jeunes

négresses, surtout, entraient dans la transe la plus
affreuse, les pieds collés au sol et le corps parcouru,
des pieds à la tête, de soubresauts de plus en plus
violents à mesure qu'ils gagnaient les épaules. Leur
tête s'agitait alors d'avant en arrière, littéralement
séparée d'un corps décapité. En même temps, tous
se mirent à hurler sans discontinuer, d'un long cri
collectif et incolore, sans respiration apparente, sans
modulations, comme si les corps se nouaient tout
entiers, muscles et nerfs, en une seule émission
épuisante qui donnait enfin la parole en chacun
d'eux à un être jusque-là absolument silencieux. Et
sans que le cri cessât, les femmes, une à une, se
mirent à tomber. Le chef noir s'agenouillait près de
chacune, serrait vite et convulsivement leurs tempes
de sa grande main aux muscles noirs. Elles se
relevaient alors, chancelantes, rentraient dans la
danse et reprenaient leurs cris, d'abord faiblement,
puis de plus en plus haut et vite, pour retomber
encore, et se relever de nouveau, pour recommencer, et longtemps encore, jusqu'à ce que le cri
général faiblît, s'altérât, dégénérât en une sorte de
rauque aboiement qui les secouait de son hoquet.
D'Arrast, épuisé, les muscles noués par sa longue
danse immobile, étouffé par son propre mutisme, se
sentit vaciller. La chaleur, la poussière, la fumée des
cigares, l'odeur humaine rendaient maintenant l'air
tout à fait irrespirable. Il chercha le coq du regard :
il avait disparu. D'Arrast se laissa glisser alors le
long de la paroi et s'accroupit, retenant une nausée.

Quand il ouvrit les yeux, l'air était toujours aussi
étouffant, mais le bruit avait cessé. Les tambours
seuls rythmaient une basse continue, sur laquelle

dans tous les coins de la case, des groupes, couverts
d'étoffes blanchâtres, piétinaient. Mais au centre de
la pièce, maintenant débarrassé du verre et de la
bougie, un groupe de jeunes filles noires, en état
semi-hypnotique, dansaient lentement, toujours sur
le point de se laisser dépasser par la mesure. Les
yeux fermés, droites pourtant, elles se balançaient
légèrement d'avant en arrière, sur la pointe de leurs
pieds, presque sur place. Deux d'entre elles, obèses,
avaient le visage couvert d'un rideau de raphia. Elles
encadraient une autre jeune fille, costumée celle-là,
grande, mince, que d'Arrast reconnut soudain
comme la fille de son hôte. Vêtue d'une robe verte,
elle portait un chapeau de chasseresse en gaze bleue,
relevé sur le devant, garni de plumes mousquetaires,
et tenait à la main un arc vert et jaune, muni de sa
flèche, au bout de laquelle était embroché un oiseau
multicolore. Sur son corps gracile, sa jolie tête
oscillait lentement, un peu renversée, et sur le visage
endormi se reflétait une mélancolie égale et inno-
cente. Aux arrêts de la musique, elle chancelait,
somnolente. Seul, le rythme renforcé des tambours
lui rendait une sorte de tuteur invisible autour
duquel elle enroulait ses molles arabesques jusqu'à
ce que, de nouveau arrêtée en même temps que la
musique, chancelant au bord de l'équilibre, elle
poussât un étrange cri d'oiseau, perçant et pourtant
mélodieux.

D'Arrast, fasciné par cette danse ralentie,
contemplait la Diane noire lorsque le coq surgit
devant lui, son visage lisse maintenant décomposé.
La bonté avait disparu de ses yeux qui ne reflétaient
qu'une sorte d'avidité inconnue. Sans bienveillance,

comme s'il parlait à un étranger : « Il est tard, Capitaine, dit-il. Ils vont danser toute la nuit, mais ils ne veulent pas que tu restes maintenant. » La tête lourde, d'Arrast se leva et suivit le coq qui gagnait la porte en longeant la paroi. Sur le seuil, le coq s'effaça, tenant la porte de bambous, et d'Arrast sortit. Il se retourna et regarda le coq qui n'avait pas bougé.

— Viens. Tout à l'heure, il faudra porter la pierre.

— Je reste, dit le coq d'un air fermé.

— Et ta promesse ?

Le coq sans répondre poussa peu à peu la porte que d'Arrast retenait d'une seule main. Ils restèrent ainsi une seconde, et d'Arrast céda, haussant les épaules. Il s'éloigna.

La nuit était pleine d'odeurs fraîches et aromatiques. Au-dessus de la forêt, les rares étoiles du ciel austral, estompées par une brume invisible, luisaient faiblement. L'air humide était lourd. Pourtant, il semblait d'une délicieuse fraîcheur au sortir de la case. D'Arrast remontait la pente glissante, gagnait les premières cases, trébuchait comme un homme ivre dans les chemins troués. La forêt grondait un peu, toute proche. Le bruit du fleuve grandissait, le continent tout entier émergeait dans la nuit et l'écœurement envahissait d'Arrast. Il lui semblait qu'il aurait voulu vomir ce pays tout entier, la tristesse de ses grands espaces, la lumière glauque des forêts, et le clapotis nocturne de ses grands fleuves déserts. Cette terre était trop grande, le sang et les saisons s'y confondaient, le temps se liquéfiait. La vie ici était à ras de terre et, pour s'y intégrer, il

fallait se coucher et dormir, pendant des années, à
même le sol boueux ou desséché. Là-bas, en
Europe, c'était la honte et la colère. Ici l'exil ou la
solitude, au milieu de ces fous languissants et
trépidents, qui dansaient pour mourir. Mais, à
travers la nuit humide, pleine d'odeurs végétales,
l'étrange cri d'oiseau blessé, poussé par la belle
endormie, lui parvint encore.

Quand d'Arrast, la tête barrée d'une épaisse
migraine, s'était réveillé après un mauvais sommeil,
une chaleur humide écrasait la ville et la forêt
immobile. Il attendait à présent sous le porche de
l'hôpital, regardant sa montre arrêtée, incertain de
l'heure, étonné de ce grand jour et du silence qui
montait de la ville. Le ciel, d'un bleu presque franc,
pesait au ras des premiers toits éteints. Des urubus
jaunâtres dormaient, figés par la chaleur, sur la
maison qui faisait face à l'hôpital. L'un d'eux
s'ébroua tout d'un coup, ouvrit le bec, prit ostensi-
blement ses dispositions pour s'envoler, claqua deux
fois ses ailes poussiéreuses contre son corps, s'éleva
de quelques centimètres au-dessus du toit, et
retomba pour s'endormir presque aussitôt.
L'ingénieur descendit vers la ville. La place princi-
pale était déserte, comme les rues qu'il venait de
parcourir. Au loin, et de chaque côté du fleuve, une
brume basse flottait sur la forêt. La chaleur tombait
verticalement et d'Arrast chercha un coin d'ombre
pour s'abriter. Il vit alors, sous l'auvent d'une des
maisons, un petit homme qui lui faisait signe. De
plus près, il reconnut Socrate.

La pierre qui pousse 175

— Alors, monsieur d'Arrast, tu aimes la cérémonie ?

D'Arrast dit qu'il faisait trop chaud dans la case et
qu'il préférait le ciel et la nuit.

— Oui, dit Socrate, chez toi, c'est la messe
seulement. Personne ne danse.

Il se frottait les mains, sautait sur un pied, tournait
sur lui-même, riait à perdre haleine.

— Pas possibles, ils sont pas possibles.

Puis il regarda d'Arrast avec curiosité :

— Et toi, tu vas à la messe ?

— Non.

— Alors, où tu vas ?

— Nulle part. Je ne sais pas.

Socrate riait encore.

— Pas possible ! Un seigneur sans église, sans
rien !

D'Arrast riait aussi :

— Oui, tu vois, je n'ai pas trouvé ma place.
Alors, je suis parti.

— Reste avec nous, monsieur d'Arrast, je t'aime.

— Je voudrais bien, Socrate, mais je ne sais pas
danser.

Leurs rires résonnaient dans le silence de la ville
déserte.

« Ah, dit Socrate, j'oublie. Le maire veut te voir.
Il déjeune au club. » Et sans crier gare, il partit dans
la direction de l'hôpital. « Où vas-tu ? » cria d'Arrast. Socrate imita un ronflement : « Dormir. Tout à
l'heure la procession. » Et courant à moitié, il reprit
ses ronflements.

Le maire voulait seulement donner à d'Arrast une
place d'honneur pour voir la procession. Il l'expliqua

à l'ingénieur en lui faisant partager un plat de viande et de riz propre à miraculer un paralytique. On s'installerait d'abord dans la maison du juge, sur un balcon, devant l'église, pour voir sortir le cortège. on irait ensuite à la mairie, dans la grand-rue qui menait à la place de l'église et que les pénitents emprunteraient au retour. Le juge et le chef de police accompagneraient d'Arrast, le maire étant tenu de participer à la cérémonie. Le chef de police était en effet dans la salle du club, et tournait sans trêve autour de d'Arrast, un infatigable sourire aux lèvres, lui prodiguant des discours incompréhensibles, mais évidemment affectueux. Lorsque d'Arrast descendit, le chef de police se précipita pour lui ouvrir le chemin, tenant toutes les portes ouvertes devant lui.

Sous le soleil massif, dans la ville toujours vide, les deux hommes se dirigeaient vers la maison du juge. Seuls, leurs pas résonnaient dans le silence. Mais, soudain, un pétard éclata dans une rue proche et fit s'envoler sur toutes les maisons, en gerbes lourdes et embarrassées, les urubus au cou pelé. Presque aussitôt des dizaines de pétards éclatèrent dans toutes les directions, les portes s'ouvrirent et les gens commencèrent de sortir des maisons pour remplir les rues étroites.

Le juge exprima à d'Arrast la fierté qui était la sienne de l'accueillir dans son indigne maison et lui fit gravir un étage d'un bel escalier baroque peint à la chaux bleue. Sur le palier, au passage de d'Arrast, des portes s'ouvrirent d'où surgissaient des têtes brunes d'enfants qui disparaissaient ensuite avec des rires étouffés. La pièce d'honneur, belle d'architecture, ne contenait que des meubles de rotin et de grandes cages d'oiseaux au jacassement étourdissant. Le balcon où ils s'installèrent donnait sur la petite place devant l'église. La foule commençait maintenant de la remplir, étrangement silencieuse, immobile sous la chaleur qui descendait du ciel en flots presque visibles. Seuls, des enfants couraient autour de la place, s'arrêtant brusquement pour allumer les pétards dont les détonations se succédaient. Vue du balcon, l'église, avec ses murs crépis, sa dizaine de marches peintes à la chaux bleue, ses deux tours bleu et or, paraissait plus petite.

Tout d'un coup, des orgues éclatèrent à l'intérieur de l'église. La foule, tournée vers le porche, se rangea sur les côtés de la place. Les hommes se découvrirent, les femmes s'agenouillèrent. Les orgues lointaines jouèrent, longuement, des sortes de marches. Puis un étrange bruit d'élytres vint de la forêt. Un minuscule avion aux ailes transparentes et à la frêle carcasse, insolite dans ce monde sans âge, surgit au-dessus des arbres, descendit un peu vers la place, et passa, avec un grondement de grosse crécelle, au-dessus des têtes levées vers lui. L'avion vira ensuite et s'éloigna vers l'estuaire.

Mais, dans l'ombre de l'église, un obscur remueménage attirait de nouveau l'attention. Les orgues s'étaient tues, relayées maintenant par des cuivres et des tambours, invisibles sous le porche. Des pénitents, recouverts de surplis noirs, sortirent un à un de l'église, se groupèrent sur le parvis, puis commencèrent de descendre les marches. Derrière eux venaient des pénitents blancs portant des bannières rouges et bleues, puis une petite troupe de garçons

costumés en anges, des confréries d'enfants de
Marie, aux petits visages noirs et graves, et enfin, sur
une châsse multicolore, portée par des notables
suant dans leurs complets sombres, l'effigie du bon
Jésus lui-même, roseau en main, la tête couverte
d'épines, saignant et chancelant au-dessus de la
foule qui garnissait les degrés du parvis.

Quand la châsse fut arrivée au bas des marches, il
y eut un temps d'arrêt pendant lequel les pénitents
essayèrent de se ranger dans un semblant d'ordre.
C'est alors que d'Arrast vit le coq. Il venait de
déboucher sur le parvis, torse nu, et portait sur sa
tête barbue un énorme bloc rectangulaire qui reposait sur une plaque de liège à même le crâne. Il
descendit d'un pas ferme les marches de l'église, la
pierre exactement équilibrée dans l'arceau de ses
bras courts et musclés. Dès qu'il fut parvenu derrière
la châsse, la procession s'ébranla. Du porche surgirent alors les musiciens, vêtus de vestes aux couleurs
vives et s'époumonant dans des cuivres enrubannés.
Aux accents d'un pas redoublé, les pénitents accélé-
rèrent leur allure et gagnèrent l'une des rues qui
donnaient sur la place. Quand la châsse eut disparu à
leur suite, on ne vit plus que le coq et les derniers
musiciens. Derrière eux, la foule s'ébranla, au
milieu des détonations, tandis que l'avion, dans un
grand ferraillement de pistons, revenait au-dessus
des derniers groupes. D'Arrast regardait seulement
le coq qui disparaissait maintenant dans la rue et
dont il lui semblait soudain que les épaules fléchis-
saient. Mais à cette distance, il voyait mal.

Par les rues vides, entre les magasins fermés et les
portes closes, le juge, le chef de police et d'Arrast

gagnèrent alors la mairie. A mesure qu'ils s'éloi-
gnaient de la fanfare et des détonations, le silence
reprenait possession de la ville et, déjà, quelques
urubus revenaient prendre sur les toits la place qu'ils
semblaient occuper depuis toujours. La mairie donnait sur une rue étroite, mais longue, qui menait
d'un des quartiers extérieurs à la place de l'église.
Elle était vide pour le moment. Du balcon de la
mairie, à perte de vue, on n'apercevait qu'une
chaussée défoncée, où la pluie récente avait laissé
quelques flaques. Le soleil, maintenant un peu
descendu, rongeait encore, de l'autre côté de la rue,
les façades aveugles des maisons.

Ils attendirent longtemps, si longtemps que d'Arrast, à force de regarder la réverbération du soleil
sur le mur d'en face, sentit à nouveau revenir sa
fatigue et son vertige. La rue vide, aux maisons
désertes, l'attirait et l'écœurait à la fois. A nouveau,
il voulait fuir ce pays, il pensait en même temps à
cette pierre énorme, il aurait voulu que cette
épreuve fût finie. Il allait proposer de descendre
pour aller aux nouvelles lorsque les cloches de
l'église se mirent à sonner à toute volée. Au même
instant, à l'autre extrémité de la rue, sur leur
gauche, un tumulte éclata et une foule en ébullition
apparut. De loin, on la voyait agglutinée autour de
la châsse, pèlerins et pénitents mêlés, et ils avan-
çaient, au milieu des pétards et des hurlements de
joie, le long de la rue étroite. En quelques secondes,
ils la remplirent jusqu'aux bords, avançant vers la
mairie, dans un désordre indescriptible, les âges, les
races et les costumes fondus en une masse bariolée,
couverte d'yeux et de bouches vociférantes, et d'où

sortaient, comme des lances, une armée de cierges
dont la flamme s'évaporait dans la lumière ardente
du jour. Mais quand ils furent proches et que la
foule, sous le balcon, sembla monter le long des
parois, tant elle était dense, d'Arrast vit que le coq
n'était pas là.

D'un seul mouvement, sans s'excuser, il quitta le
balcon et la pièce, dévala l'escalier et se trouva dans
la rue, sous le tonnerre des cloches et des pétards.
Là, il dut lutter contre la foule joyeuse, les porteurs
de cierges, les pénitents offusqués. Mais irrésistiblement, remontant de tout son poids la marée
humaine, il s'ouvrit un chemin, d'un mouvement si
emporté, qu'il chancela et faillit tomber lorsqu'il se
retrouva libre, derrière la foule, à l'extrémité de la
rue. Collé contre le mur brûlant, il attendit que la
respiration lui revînt. Puis il reprit sa marche. Au
même moment, un groupe d'hommes déboucha
dans la rue. Les premiers marchaient à reculons, et
d'Arrast vit qu'ils entouraient le coq.

Celui-ci était visiblement exténué. Il s'arrêtait,
puis, courbé sous l'énorme pierre, il courait un peu,
du pas pressé des débardeurs et des coolies, le petit
trot de la misère, rapide, le pied frappant le sol de
toute sa plante. Autour de lui, des pénitents aux
surplis salis de cire fondue et de poussière l'encoura-
geaient quand il s'arrêtait. A sa gauche, son frère
marchait ou courait en silence. Il sembla à d'Arrast
qu'ils mettaient un temps interminable à parcourir
l'espace qui les séparait de lui. A peu près à sa
hauteur, le coq s'arrêta de nouveau et jeta autour de
lui des regards éteints. Quand il vit d'Arrast, sans
paraître pourtant le reconnaître, il s'immobilisa,

tourné vers lui. Une sueur huileuse et sale couvrait
son visage maintenant gris, sa barbe était pleine de
filets de salive, une mousse brune et sèche cimentait
ses lèvres. Il essaya de sourire. Mais, immobile sous
sa charge, il tremblait de tout son corps, sauf à la
hauteur des épaules où les muscles étaient visiblement noués dans une sorte de crampe. Le frère, qui
avait reconnu d'Arrast, lui dit seulement : « Il est
déjà tombé. » Et Socrate, surgi il ne savait d'où, vint
lui glisser à l'oreille : « Trop danser, monsieur
d'Arrast, toute la nuit. Il est fatigué. »

Le coq avança de nouveau, de son trot saccadé,
non comme quelqu'un qui veut progresser mais
comme s'il fuyait la charge qui l'écrasait, comme s'il
espérait l'alléger par le mouvement. D'Arrast se
trouva, sans qu'il sût comment, à sa droite. Il posa
sur le dos du coq une main devenue légère et marcha
près de lui, à petits pas pressés et pesants. A l'autre
extrémité de la rue, la châsse avait disparu, et la
foule, qui, sans doute, emplissait maintenant la
place, ne semblait plus avancer. Pendant quelques
secondes, le coq, encadré par son frère et d'Arrast,
gagna du terrain. Bientôt, une vingtaine de mètres
seulement le séparèrent du groupe qui s'était massé
devant la mairie pour le voir passer. A nouveau,
pourtant, il s'arrêta. La main de d'Arrast se fit plus
lourde. « Allez, coq, dit-il, encore un peu. » L'autre
tremblait, la salive se remettait à couler de sa bouche
tandis que, sur tout son corps, la sueur jaillissait
littéralement. Il prit une respiration qu'il voulait
profonde et s'arrêta court. Il s'ébranla encore, fit
trois pas, vacilla. Et soudain la pierre glissa sur son
épaule, qu'elle entailla, puis en avant jusqu'à terre,

tandis que le coq, déséquilibré, s'écroulait sur le côté. Ceux qui le précédaient en l'encourageant sautèrent en arrière avec de grands cris, l'un d'eux se saisit de la plaque de liège pendant que les autres empoignaient la pierre pour en charger à nouveau le coq.

D'Arrast, penché sur celui-ci, nettoyait de sa main l'épaule souillée de sang et de poussière, pendant que le petit homme, la face collée à terre, haletait. Il n'entendait rien, ne bougeait plus. Sa bouche s'ouvrait avidement sur chaque respiration, comme si elle était la dernière. D'Arrast le prit à bras-le-corps et le souleva aussi facilement que s'il s'agissait d'un enfant. Il le tenait debout, serré contre lui. Penché de toute sa taille, il lui parlait dans le visage, comme pour lui insuffler sa force. L'autre, au bout d'un moment, sanglant et terreux, se détacha de lui, une expression hagarde sur le visage. Chancelant, il se dirigea de nouveau vers la pierre que les autres soulevaient un peu. Mais il s'arrêta ; il regardait la pierre d'un regard vide, et secouait la tête. Puis il laissa tomber ses bras le long de son corps et se tourna vers d'Arrast. D'énormes larmes coulaient silencieusement sur son visage ruiné. Il voulait parler, il parlait, mais sa bouche formait à peine les syllabes. « J'ai promis », disait-il. Et puis : « Ah ! Capitaine. Ah ! Capitaine ! » et les larmes noyèrent sa voix. Son frère surgit dans son dos, l'étreignit, et le coq, en pleurant, se laissa aller contre lui, vaincu, la tête renversée.

D'Arrast le regardait, sans trouver ses mots. Il se tourna vers la foule, au loin, qui criait à nouveau. Soudain, il arracha la plaque de liège des mains qui

la tenaient et marcha vers la pierre. Il fit signe aux
autres de l'élever et la chargea presque sans effort.
Légèrement tassé sous le poids de la pierre, les
épaules ramassées, soufflant un peu, il regardait à
ses pieds, écoutant les sanglots du coq. Puis il
s'ébranla à son tour d'un pas puissant, parcourut
sans faiblir l'espace qui le séparait de la foule, à
l'extrémité de la rue, et fendit avec décision les
premiers rangs qui s'écartèrent devant lui. Il entra
sur la place, dans le vacarme des cloches et des
détonations, mais entre deux haies de spectateurs
qui le regardaient avec étonnement, soudain silencieux. Il avançait, du même pas emporté, et la foule
lui ouvrait un chemin jusqu'à l'église. Malgré le
poids qui commençait de lui broyer la tête et la
nuque, il vit l'église et la châsse qui semblait
l'attendre sur le parvis. Il marchait vers elle et avait
déjà dépassé le centre de la place quand brutalement, sans savoir pourquoi il obliqua vers la gauche,
et se détourna du chemin de l'église, obligeant les
pèlerins à lui faire face. Derrière lui, il entendait des
pas précipités. Devant lui, s'ouvraient de toutes
parts des bouches. Il ne comprenait pas ce qu'elles
lui criaient, bien qu'il lui semblât reconnaître le mot
portugais qu'on lui lançait sans arrêt. Soudain,
Socrate apparut devant lui, roulant des yeux effarés,
parlant sans suite et lui montrant, derrière lui, le
chemin de l'église. « A l'église, à l'église », c'était là
ce que criaient Socrate et la foule. D'Arrast continua
pourtant sur sa lancée. Et Socrate s'écarta, les bras
comiquement levés au ciel, pendant que la foule peu
à peu se taisait. Quand d'Arrast entra dans la
première rue, qu'il avait déjà prise avec le coq, et

dont il savait qu'elle menait aux quartiers du fleuve,
la place n'était plus qu'une rumeur confuse derrière
lui.

La pierre, maintenant, pesait douloureusement
sur son crâne et il avait besoin de toute la force de
ses grands bras pour l'alléger. Ses épaules se
nouaient déjà quand il atteignit les premières rues,
dont la pente était glissante. Il s'arrêta, tendit
l'oreille. Il était seul. Il assura la pierre sur son
support de liège et descendit d'un pas prudent, mais
encore ferme, jusqu'au quartier des cases. Quand il
y arriva, la respiration commençait de lui manquer,
ses bras tremblaient autour de la pierre. Il pressa le
pas, parvint enfin sur la petite place où se dressait la
case du coq, courut à elle, ouvrit la porte d'un coup
de pied et, d'un seul mouvement, jeta la pierre au
centre de la pièce, sur le feu qui rougeoyait encore.
Et là, redressant toute sa taille, énorme soudain,
aspirant à goulées désespérées l'odeur de misère et
de cendres qu'il reconnaissait, il écouta monter en
lui le flot d'une joie obscure et haletante qu'il ne
pouvait pas nommer.

Quand les habitants de la case arrivèrent, ils
trouvèrent d'Arrast debout, adossé au mur du fond,
les yeux fermés. Au centre de la pièce, à la place du
foyer, la pierre était à demi enfouie, recouverte de
cendres et de terre. Ils se tenaient sur le seuil sans
avancer et regardaient d'Arrast en silence comme
s'ils l'interrogeaient. Mais il se taisait. Alors, le frère
conduisit près de la pierre le coq qui se laissa tomber
à terre. Il s'assit, lui aussi, faisant un signe aux
autres. La vieille femme le rejoignit, puis la jeune
fille de la nuit, mais personne ne regardait d'Arrast.

Ils étaient accroupis en rond autour de la pierre, silencieux. Seule, la rumeur du fleuve montait jusqu'à eux à travers l'air lourd. D'Arrast, debout dans l'ombre, écoutait, sans rien voir, et le bruit des eaux l'emplissait d'un bonheur tumultueux. Les yeux fermés, il saluait joyeusement sa propre force, il saluait, une fois de plus, la vie qui recommençait. Au même instant, une détonation éclata qui semblait toute proche. Le frère s'écarta un peu du coq et se tournant vers d'Arrast, sans le regarder, lui montra la place vide : « Assieds-toi avec nous. »

DU MÊME AUTEUR

DISCOURS DE SUÈDE.

RÉCITS ET THÉÂTRE.

LES POSSÉDÉS, adapté de Dostoïevski, *théâtre*.

CARNETS :
    I. Mai 1935-février 1942.
    II. Janvier 1942-mars 1951.

THÉÂTRE, RÉCITS ET NOUVELLES.

ESSAIS.

LA MORT HEUREUSE, *roman*.

FRAGMENTS D'UN COMBAT, *articles*.

JOURNAUX DE VOYAGE.

CORRESPONDANCE AVEC JEAN GRENIER.

Impression Bussière à Saint-Amand (Cher),
le 16 décembre 1986.
Dépôt légal : décembre 1986.
1er dépôt légal dans la collection : avril 1972.
Numéro d'imprimeur : 3160.
ISBN 2-07-036078-4./Imprimé en France.